빨간 모자를 쓴 남자

L'Homme au Chapeau Rouge

알마 인코그니타 Alma Incognita
알마 인코그니타는 문학을 매개로,
미지의 세계를 향해 특별한 모험을 떠납니다.

빨간 모자를 쓴 남자

L'Homme au Chapeau Rouge

에르베 기베르

Hervé Guibert

안보옥 옮김

나의 모델들에게

차례

일러두기

- 본문 하단의 주는 옮긴이 주다.

나는 화가 야니와 합류하려고 코르푸로 떠났다. 주머니에는 통증을 완화시켜줄 캡슐 형태의 아편들이 가득 들어 있었다. 의사는 아드레날린으로 부어오른 나의 목에 국부마취를 하고 구멍을 뚫었다가 다시 꿰맨 참이었다. 내 상태로 보자면 전신마취는 호흡부전을 일으킬 수 있었다. 외과 의사는 왼쪽 턱 밑에서 한 달 보름 사이에 빠르게 자라나 낭종이 되어버린 작은 멍울의 한 부분을 떼어냈다. 좀 더 면밀히 검사해보기 위해서였다. 그동안 주의 깊게 관찰하며 멍울을 촉진했던 다섯 명의 다른 의사들은 조직 검사를 강력하게 요구했었다. 전화로 상담했던 한 유명한 의사는 천자술穿刺術이면 충분할 것이라고 말했었다. 하지만 정작 수술대 위에 올라가자, 담당 외과 의사는 멍울이 너무 딱딱해서 천자술은 아무 정보도 제시해주지 않을 거라고, 이제라도 그것을 완전히 들어내야 한다고 말했다. 닥터 나시에가 추천해준 이 외과 의사는 단도직입적이었다. 그는 곧장 목표물을 겨냥하면서, 손가락으로 내 목구멍을 마구 휘저으면서, 얼마나 단단한지 살펴보려고 엄지와 검지로 나의 멍울을 꼬집듯이 잡았다.

우선은 화가 야니와 함께 마드리드에 가는 것이 문제였다. 야니가 우연히 알게 된 일이지만, 위조꾼이나 장물아비가 마드리드의 가장 유명한 화랑들 중 한 곳에 그의 위작을 팔아 버린 탓에, 그것을 없애버리거나 고발 조치라도 하기 위해 마드리드에 가야 했다. 나는 그 위작이 성공적으로 위조된 것인지 야니에게 물어본 적이 있다. 위작이라는 단어는 우리가 관계를 맺기 시작한 초기부터 오가던 것이었다. 야니는 파리에 있는 그의 아틀리에에 복제된 폴락의 작품을 가지고 있었다. 나는 아무것도 요구하지 않았는데, 그는 내가 아주 좋아하던 그의 그림들 중 하나를, 가령 〈도서관〉 시리즈 중 하나를, 그의 친구들이 알고 있는 천재적인 이란인 복제가에게 모사를 부탁해보겠다고 제안한 적이 있었다. 야니는 그 위작, 그러니까 위조된 〈도서관〉은 정말 끔찍한 것이라고, 심지어 복제된 서명조차 견딜 수 없다고, 나의 질문에 혐오스러운 표정으로 대답했었다. 우리가 그림에 관심을 가지고 그림을 구입하거나 되팔고 싶어지면 곧바로 위작 문제와 맞닥뜨리게 된다. 아르메니아인 화상畵商인 나의 친구는 10월 10일에, 런던에서 열리는 크리스티사社의 러시아 그림 경매장에 가야 했다. 그녀는 카탈로그에 수록된 아이바조프스키의 바다 그림 두 점을 나에게 보여주었고, 그 그림들을 직접 확인하기 위해서 가야 한다고, 위조품이라 거의 확신한다고 말했다. 나는 그런 수고가 그녀에게 가져다 줄 이득이 무엇인지 물어보았다. 그녀는 대답했다. "그림 판매업자들인 친구들이 있어요. 위작이라는 확신이 들면, 친구들에게 구입하지 못하도록 설득하는 게 나의 의

무예요." 나는 이 여인이 미쳤다고 생각했다. 그녀의 오빠는 1989년 7월 29일에 모스크바에서 사라졌다. 그로부터 일 년이 더 지났지만, 그의 흔적은 아무것도 발견되지 않았다. 여러 날 아침에 내가 우연히 들른 것처럼 방문하면서 소위 비밀 조사원처럼 들볶자, 그녀는 오빠가 사라진 일이 위조된 그림들의 고발과 연관이 있다고 생각한다며 나에게 털어놓았다. 러시아 예술에 정통해 국제적으로 유명한 전문가가 된 그녀의 오빠는, 그녀의 말에 따르자면, 미친 짓을 할 지경에 이를 정도로, 즉 소더비나 크리스티사의 경매장에 나타나 큰 소리로 "그것은 위작입니다, 구입하지 마세요, 이건 진품이니 구입해도 됩니다"라고 모든 사람들에게 외칠 정도로, 진실에 몰두하는, 그런 부류의 사람이라는 것이었다. 따라서 예술계의 마피아들은 그에게 다양한 경고를 보내며 위작을 고발하여 얻을 수 있는 개인적인 이득은 그가 감수해야 할 위험에 비해 아주 작은 것이라는 점을 알려주었다. 1990년 10월 13일자 〈로로르〉에 실린, 아직 일주일이 채 안 된 기사의 한 대목을 그대로 옮겨본다. "1989년 7월 29일, 비고는 붉은 광장 근처에 있는, 로시아 호텔을 떠났다. 그곳은 예전에도 그가 여행했을 때 투숙했던 곳이다. 그의 출발 시간과 정황들에 관해서는 여러 진술이 있다. 9시 30분, 한 목격자는 어느 기사가 운전하는 자동차에 그가 올라타는 것을 보았다고 주장했다. 11시에는 그가 두 남자와 함께 있었다고, 출입하는 사람들을 세심하게 기록

하는 플로어의 책임자가 진술했다. 오후 4시 경에는, 객실 담당 청소부의 진술이 있다. 어쨌든 비고는 호텔로 돌아오지 않았다. 그는 여행 가방과 서류들과 개인 용품들을 호텔 방에 그대로 남겨놓았다." 전화로 이 기사를 들려준 사람은 바로 나의 아르메니아인 화상 친구다, 그때만 해도 수술받은 목 때문에 그녀를 보러 갈 수 없었다, "아주 작은 기사예요." 그녀는 이상하게 강조했다, 반면에, 신문에서 나는 한 면의 사분의 일을 차지하는 그녀의 사진을 보았다. 그녀는 몰랐겠지만, 나에게 책을 쓸 수 있는 시간이 있다면, 이전 책에 젊은 여자 의사를 등장시켰던 것처럼, 다음 책의 등장인물로 나는 이미 이 여인을 선택했는데, 아마도 유사한 감정을 가지고 그렇게 했을 것이다. 나는 늘 여주인공들이 필요했다. 나의 책들 속에는 실제로 여성 인물들이 나오고, 그들은 전경에 등장한다, 그렇지만 그것은 혹을 떼러 갔다가 혹을 붙이는 꼴이었다. 이미 나는 선고를 받은 것이긴 해도, 이 여인에 대해 내가 계속해서 지니게 될 나약한 마음이 그 정도로 나를 죽음의 위험에 빠뜨릴 것이라고는 미처 상상할 수 없었다. 닥터 나시에는 위작을 고발하고 파기하기 위해 내가 화가 야니와 함께 마드리드로 떠나는 것을 용인하지 않았다, 나는 끔찍할 정도로 목이 아팠는데, 아편과 벨라도나* 캡슐들은 망연자실할 정도로 극심한 통

* 약품용 독성 식물.

증에 이르면 별 효과를 내지 못했다. 나는 열이 났다, 나는 기침을 했다, 닥터 나시에는 화가 야니와 함께 떠나는 마드리드 여행을 포기하라고 강력하게 요구했다. 나는 그가 조금쯤 질투하는 거라고 생각했다. 야니는 프라도 박물관장의 친구였다, 그래서 그는 월요일 오후에, 박물관을 닫는 날에, 우리에게 텅 빈 박물관을 안내하며 비공개 작품들이 보관된 창고 속까지도 구경시켜줄 것이었다. 야니는 그의 작품에 영감을 주었던 몇몇 그림들을 나에게 보여주고 싶어 했다. 닥터 나시에는 클로데트 뒤무셸과 마찬가지로 그 멍울의 조직 검사와 관련된 최악의 상황에 대해, 즉 림프선 종양에 대해, 림프계통 전반에 퍼진 암에 대해 알고 있도록 마음의 준비를 시켰다. 처음에는 결핵이라는 말이 있었다, 닥터 나시에는 나의 폐가 작은 멍울들로 가득 차 있다고 생각했었지만, X선 촬영은 아무것도 보여주지 못했다. 에이즈 감염과 연관된 결핵 전염병이 에이즈를 치료하는 여러 병원에서 유행하고 있었다. 닥터 나시에는 나의 가장 친한 친구 쥘에게 전화를 걸었고, 그는 곧바로 나에게 그 말을 반복하며 림프선 종양이라는 단어를 도마 위에 올렸다. 그리고 수술 일주일 전에 나를 진찰한 클로데트 뒤무셸은 이렇게 말했다, "결핵이 아니고 다른 것일 수 있습니다, 림프선 종양일 수 있다는 생각이 듭니다, 림프선 종양 치료는 아주 견디기 힘든 화학 요법이라는 것을 미리 말씀드리는 것이 나을 것 같습니다, 게다가 완치는 보장할 수 없습니다, 생 루이 병원에서 치료받을 겁니다, 하지만 우선 검사 결과를 기다려봐야 합니다." 나에게는 정확히 일주일이라는 기다림의 시간이 주어졌다. 금요일 아침에 G.S.H. 병원에서 닥터 C.의 집도하에 수술이 있었고, 닥터 C.는 그다음 토요일에 실을 뽑으면서 조직 검사 결과를 알려주기로 되어 있었다. 그런데 닥터 나시에는 실험실이나 외과 의사의 보조에게 전화를 걸어 어쩌면 금요일부터, 아니 어쩌면 목요일부터, 그 결과를 먼저 알고 있었을지도 모른다는 생각이 들었다. 닥터 나시에는 무슨 수를 써서라도 내가 화가 야니와 함께 마드리드에 가는 것을 막아보고 싶어 했다. 그래도 나는 떠났다, 코르푸에서, 야니가 태어난 고장에서, 그 산간 마을에서, 그와 합류하기 위해서였다. 세관에서는 아편에 대해 어떤 문제도 제기하지 않았다, 닥터 나시에가 마련해준 아편은 '라말린'이라는 이름의 캡슐 형태로 포장되어 있었다. 내가 가지고 있던 그 모든 것으로 나는 자살할 수도 있었다. 나는 '디기탈린'* 두 병도 가지고 갔다. 사실상 나는 잠정적 계획을 내비친 셈인데, 의심되던 림프선 종양으로 확진되는 경우, 아무에게도 이야기하지 않은 채, 알았다면 나를 말렸을 쥘에게조차 말하지 않고, 거의 모른다고 할 수 있는 새로운 친구 화가 야니 집으로 자살하러 갈 준비를 마친 셈이었다. 그것이 야니에게 할 선

* 디기탈리스 잎에서 추출한 독소. 강심제로 사용되는 마약제.

물은 아니었지만, 나는 그를 믿었다. 그는 농부의 아들처럼 건장했고, 마침 우리가 서로 아주 잘 아는 사이는 아니었기 때문이다. 나는 쥘과 베르트에게 시신을 입관하는 고역을 치르게 하고 싶지 않았다. 결국 나는, 모든 예상을 뛰어넘어, 낯선 곳에서, 그곳이 어디든, 죽고 묻힐 준비가 되어 있었던 것이다. 나는 이 여행을 위해서, 아편 캡슐만 가지고 간 게 아니라, 왼쪽 주머니에는 루루, 귀여운 여자애, '나의' 귀여운 여자애가 준, 행운의 상징 같은 작은 마로니에 열매를 넣었고, 오른쪽 주머니에는, 다비드의 생각대로 내가 공격당할 경우 호신용으로 사용할 주사기도 넣어 갔다. 몇 주 전부터, 모르는 사람들이 다양한 핑계를 대면서 나의 집 인터폰을 누르거나 두 개의 문들 중 한 곳에서 직접 초인종을 눌렀는데, 옆집 사람인 체하며 전기 콘센트에 문제가 있는 것처럼 굴거나, 인터폰을 잘못 눌렀다고 해서 내가 그 얼굴을 보러 내려가면 곧장 도망쳤다. 이웃이라던 사람은 어쩌면 정말로 전기 콘센트에 문제가 있었을지도 모른다. 나는 그에게도 문을 열어주지 않았다. 어느 날, 누군가 나의 뒷문 쪽 벽을 전기톱으로 자르려고 하는 것 같았다. 반투명 유리문 너머로 어렴풋한 형체가 나타났다 사라졌다. 책이 성공을 거두면서 나는 나날이 부유해졌고, 자신이 살던 가난한 동네를 떠나지 않은 부자가 되어 있었다. 문신을 새긴 막노동꾼들이 삼만 오천 프랑짜리 책상과 십만 프랑의 값이 나가는 그림과 오만 프랑의 값이 나가는 또 다른 그림을 배달했다. 모든 부자들처럼 나는 편집광적인 부자가 되었다. 나는 그림으로 완전히 뒤덮인 금고 속에 들어가 있는 것만 같은 느낌을 받는다. 리오의 빈민가에 있는 것은 아니지만 바깥에서는 삶을 위한 투쟁이 계속되고 있다. 내가 사는 길에는 굶주림이 있다. 매일 밤, 나의 창문 밖에서는 폭행이 아주 일상적인 것이라서 아무도 잠자리에서 일어나 나와 보지 않는다. 한번은 커튼을 반쯤 열어놓은 적이 있었다. 나는 그때 야구방망이를 든 채 고삐 풀린 망아지처럼 흥분한 젊은이들이 한 사람을 뒤쫓아 달려가는 것을 보았는데, 달아나던 사람은 일방통행 길에서 후진하는 자동차를 붙잡으려고 애썼고, 유리창을 부수고 차 안으로 몸을 던지려고 머리를 앞으로 내밀며 돌진했다, 그런데 그 미친 자동차가 범퍼와 범퍼를 맞부딪치면서 밴 하나를 뒤로 굴러가게 만들었고, 운이 나빴던 그 밴은 공교롭게도 사건에 휘말리게 되었다. 부상당한 그 사람은 부서진 유리창에서 빠져나와 자신을 방어하기 위해 방망이를 손에 들고 있었다. 내가 사는 동네에는 새벽 5시에 스테레오 장치 볼륨을 최대로 높인 채로, 오토바이를 타고 귀가하는 젊은 무리들이 있다. 나는 침대 속에 누워 있는 대신, 오토바이 중 한 대 위에 올라타 그들과 함께 있고 싶다, 하지만 너무 늦었다. 그들은 이 동네의 모든 노인을 방해하듯 나를 방해한다. 수술을 받던 날 저녁에, 목에는 붕대를 감고 얼굴은 빨간 모자를 눌러써 감춘 채로, 나는 집 앞에 나와, 다비드와 저녁 식사를 하기로 한 '라쿠폴'로 나를 데려다줄, 그러나 교통 체증에 막혀 늦어지는 안나를 기다리고 있었다. G7 택시회사에 회원 가입을 하긴 했지만 택시를 잡을 수 없었다, 나는 안나에게 도움을 청했다. 그때 난폭한 젊은이들 한 무리가 내 앞을 지나갔는데, 우쭐대며 조롱하는 소리가 들렸다. "저 호모 머리통에 모자를 처박아볼까?" 나는 폭발했다, "이봐요, 오늘 아침에 나는 목 수술을 받았소. 에이즈에 걸렸고 주머니에는 주사기도 들어 있소, 그러니 괴롭히지 말고 꺼지시오!" 라쿠폴에서의 저녁 식사는 끔찍했다. 나는 아르메니아인 화상에게 다시 전화를 걸어서 나의 상태가 좀 나아진다면 첫 외출은 그녀를 만나는 일일 거라고 말했다. 그녀는 내 덕분에 아름다운 꽃들이 사흘 전부터 그녀의 서재에 놓여 있다고 말했다, 그러니까 그녀는 나의 수표에 적힌 주소로 꽃들을 보냈던 것인데, 그 주소는 가짜였으므로 꽃들이 전부 되돌아간 것이었다.

나는 이 여인이 나에게 어느 정도까지 위험을 가져다줄 수 있는 사람인지 아직 모르고 있었다. 그녀는 나에게 아이바조프스키의 작은 밤바다 그림을, 화가가 사망하기 5년 전인 1895년 연도 표시가 있는, 그림 왼쪽 아래 서명이 있고, 뒤에는 아르메니아어로 이름 전체가 서명된 그림을 팔만 프랑에 팔았다, 그리고 그녀는 십만 프랑으로 그림을 평가하는 감정서와 영수증을 함께 주었다. 그때 나는 가짜 주소가 적힌 수

표로 지불했다. 비서는 아이바조프스키의 그림과 함께 타르코프 아틀리에의 검인이 찍힌 아카데미 풍의 소년 나체화를 에어캡 포장지로 잘 싸주었다. 줄리엣, 이 비서는 내가 레나를 방문할 때 이따금 질투심을 내비치는 것 같았다, 레나를 그녀의 애인이라고 할 지경이었다. 레나를 만나기 위해서는 반드시 그녀를 통해야만 했다, 실종되기 전에 내가 자주 만났던 레나의 오빠가 상점 뒷방의 벽 전체를 뒤덮은 그의 러시아 화집에 둘러싸인 채, 레나가 그 상태로 놓아둔 모습 그대로, 책상위에 뒤죽박죽 널린 서류더미가 쌓여 있는 자신의 사무실을 떠나지 않았던 것처럼, 레나는 온종일 오빠의 사무실을 떠나지 않았고, 이제는 사라진 오빠를 대신해서 나를 포함해 예전부터 거래하던 방문객들을 맞이하고 다른 사람들은 줄리엣을 통해 적당히 거절하면서, 내가 방문할 때마다 이제는 레나의 허락도 구하지 않고 그녀의 담뱃갑에서 꺼내 드는 던힐 라이트를 피우고, 민트 초콜릿을 먹고, 점심시간에는 줄리엣에게 샐러드를 준비시키고, 지나간 또는 다가올 판매에 대해 있을 법하지 않은 계산을 다시 하고, 구매자를 절대로 데려가지 않는 지하 창고에 쌓여 있는 그녀의 오빠가 수집한 비공개 작품들 중 하나를 구입하길 원하는 고객들에게 엉뚱하게 비싼 가격표를 보여주면서, 저녁에는 내부 계단을 통해 집으로 다시 올라가, 촛불을 켜놓고 눈물을 흘리며 지내고 있었다. 레나는 종종 말하곤 했다. "나는 비고가 되었어요." 나는 레나가 죽을 때까지 줄리엣이 충실하게 레나 곁에 있을 거라고, 그녀와 사랑에 빠졌다고, 미친 듯이 사랑에 빠졌다고 짐작했다. 여름에 레나와 줄리엣은 아이바조프스키의 작은 그림 두 점을 가지고 미국인 화상을 만나러 로스앤젤레스로 떠난 적이 있었다. 그 그림들은 내가 구입하고 싶었던 것이지만, 두 점에 삼십만 프랑이나 값이 나가는, 나에게는 너무 비싼 것이었다. 로스엔젤레스에서 줄리엣과 보낸 3주에 대해 레나는 이렇게 말했다. 모스크바 여행에서 지친 머리를 식히기 위해 아침부터 저녁까지, 그리고 밤새, 미국 텔레비전 채널의 터무니없는 방송을 쳐다본 것 외에 다른 일은 아무것도 하지 않았다고. 그녀는 소비에트 경찰과 KGB에게, 그리고 비고가 사라지기 전에 마지막으로 만났던 사람들을 찾아다니며 청원하느라 완전히 지쳐 있었다. 비고는 마지막에 그림 판매업자들과 화가들과 박물관장을 만났었다. 그녀는 비고의 마지막 날의 일정을 세심하게 복원해보았지만 소용없는 일이었다. 아무런 흔적이 없었다. "머리를 벽에 맞대고 부딪치는 꼴이에요", 모스크바에서 돌아온 그녀가 말했었다. "아무 소용이 없다는 것을 알아차리게 되죠. 벽은 꿈쩍도 하지 않아요. 머리만 다치는 꼴이죠." 지난번에, 수술이 있기 얼마 전에, 내가 그녀를 보러 갔을 때, 줄리엣은 옅게 웃으며 나를 쫓아냈다. 그녀는 15분 후에 다시 오라고 말했는데, 이른바 동네 한 바퀴를 돌고 오라는 것이었다. 일부러 나는 다시 들르지 않았고, 레나가 줄리엣을 꾸

짖었을 거라고 생각하며 흡족해했다. 그 후, 사실 확인을 통해 알게 된 일이지만, 사실인즉, 그때 레나는 네 명의 경찰관들에게 조사를 받고 있었는데, 그들은 4시간 동안이나 그녀를 심문했다. 내가 그녀에게 전화를 걸 때면, 전화가 도청되고 있다는 것에 대해 누구도 말한 적은 없지만 우리는 알고 있었으므로, 서로가 나누는 말들을 본능적으로 적절하게 조절했다. 그녀의 사무실 양쪽에서, 상점 뒷방에서 우리가 직접 보고 말하는 여러 가지 일들을 말하지 않는 것이다. 그동안 줄리엣이 우리가 말하는 것을 알아내기 위해 소리도 내지 않고 주위를 배회하긴 했지만 말이다. 이런 줄리엣이 나에게는 호의적이다. 그녀는 약간 퉁명스럽고 남성적이지만, 치마를 입고 있으면 예쁘고 세련된 젊은 여성이다. 반면에 그녀의 애인은 아주 여성스러운, 아름답고 풍만한 젊은 여성이다. 여름이 끝날 무렵 나는 다시 상점 앞으로 일부러 지나갔다. 줄리엣은 문 앞에서 한 이웃과 이야기를 나누고 있었다. 우리는 서로 이야기를 나눴다. 그녀는 거북한 것 같았다. 레나는 여전히 로스엔젤레스에 있다고, 혼자 다음 주에나 돌아올 것이라고, 줄리엣은 말했다. 나는 줄리엣에게 애인의 등 상태가 어떤지 물어보았다. 왜냐하면 레나가 모스크바에서 돌아왔을 때 완전히 기진맥진한 상태여서 줄리엣이 척추 지압 전문가를 내방하도록 조치했어야 했기 때문이다. 나 역시 내가 아는 척추 지압 전문가를 추천했었다. 그러니까 레나가 예약을 하고 이동하는 일은 절대로 없었다. 담당 의사가 레나를 진찰하러 상점 뒷방으로 왔고. 줄리엣은 그들 뒤로 문을 다시 닫았다. 그날 줄리엣 앞에서, 나는 전략적으로, 아이바조프스키라는 이름을 발설하지 않으려고 조심했다. 그림은 더 이상 그곳에 없었지만, 그래도 나는 상점 안에, 진열창 뒤에 그림이 있다는 것을 느꼈다. 나는 그것을 찾아내면서 약간 연기를 했다. 떠오르는 태양으로 금빛 찬란하게 빛나는 작은 바다의 왼쪽 아래 러시아어로 쓰인 서명을 해독하면서 나는 아이바조프스키가 누구인지 완벽하게 알고 있었다. 나는 그의 화집을 십여 년 전부터 가지고 있었고 자주 펼쳐보곤 했었다. 쥘과 나는 그 화집을 우연히 발견했는데, 80년대 초반에, 동유럽 국가들로 떠났던 우리의 여행들 중에, 부다페스트에서인지 아니면 바르샤바에서인지, 어느 회화 박물관의 서점에서 훑어보게 된 것이었다. 물감도 채 마르지 않은, 이 벽들에 걸린 다른 끔찍한 것들 사이에 섞여 제자리를 찾지 못한 것처럼 보이는 이 작은 바다 그림은, 그것이 심지어 위작이라 하더라도, 아무것도 아닌 하찮은 것과는 완전히 다른 가치를 지닐 수 있다는 사실을 나는 모르는 척했었다. 또한 이 그림이 터너와 카스파 프리드리히와 동시대인이자 그들 이상도 이하도 아니었던 19세기 러시아 예술의 대가大家 중 한 명에 의해 그려졌다는 것을 나는 모르는 척했었다. 하지만 그 러시아 화가는 분명히 그들만큼의 평가를 받지 못했다. 그 사실을 잘 알고 있는 레나가 바다 그림 한 쌍을 삼십만 프랑에 팔았으니 말이다. 그중에 한 그림만 내 마음에 들었다, 아주 강렬하게. 레나는 그 그림을 구입하고 싶어 하는 나를 만류했었다. "당신에게는 십삼만 프랑에 그 그림을 넘길 수 있어요, 거의 선물인 셈이죠, 하지만 당신이 십오만 프랑에 되팔 수 있다는 확신이 없다면 그 그림을 구입하는 것은 미친 짓일 거예요." 아이바조프스키에 대한 가격 폭등이 시작되었다. 그다음 번의 크리스티사 런던 경매장에는, 당연히 위작인, 지나치게 매력적이고 번쩍거리는, 아이바조프브스키 위작들이 있었다, 레나의 오빠가 실종된 것이 어쩌면 아이바조프스키 그림들의 거래 시장 때문일지도 몰랐다. 아이바조프스키는 일생 동안 육천 점의 그림들을 그렸으니, 19세기나 20세기에 그 제자들에 의해, 그리고 위조자들에 의해 모사된 그만큼의 많은 위작들이 존재할 것이었다.

나는 화가 야니를 만나러 코르푸로 떠나기 전에, 그가 나에게 친절하게 제안했던 것처럼 정말 그의 집으로 가도 되는 것인지 확인하기 위해 전화를 걸었다. 마드리드 화랑에서 고발 조치는 어떻게 진행되었는지, 경찰서에서 위작 폐기 문제는 어떻게 진행되었는지 물어보았다. 그는 끔찍하게 괴로웠다고 흥분하며 털어놓았다. "왜?" 나는 그에게 물었다. "왜냐하면", 그가 대답했다, "당연히 마피아와 관련이 있으니까."

나는 림프선 종양이라는 판정을, 그토록 받아들이기 어려운 생각을 곱씹으면서, 그리고 그 추정이 확정되면 자살하겠다고 결심하면서, 최종 판정을 일주일 동안 기다렸다. 나는 결과를 알기 위해서 닥터 나시에의 진료실로 계속 전화를 걸었다. 수요일 저녁에 그는 결과를 모르는 상태였다. 목요일 아침에도 마찬가지였다. 목요일 저녁에도 마찬가지였다. 대가 때문에 또는 자살하기 위해 클로데트 뒤무셸을 떠나는 것이었기 때문에 이틀 전부터 나의 책상 위에는 그녀의 이름이 적힌 봉투가 작은 기념품들과 함께 놓여 있었는데, 그것은 내가 10년 전에 팔레르모에서 찾아낸 시칠리아 봉헌물, 림프선 종양의 증거를 찾기 위해 절개된 나의 목, 그의 목이 보이는 소년의 옆얼굴이었다. 11시경에 닥터 나시에가 나에게 전화해서 방금 전에 외과 의사의 보조 의사가 조직 검사의 결과 보고서를 전화로 알려주었다고 했으며, 림프선 종양도, 결핵도, 아무것도 발견하지 못했다고 했다. 닥터 나시에는 나에게 마음이 놓인다고 말했고, 보조 의사에게 전화했을 때는 몹시 떨렸었다고 털어놓았다. 이제 나는 자살하기 위해 코르푸에 가는 것이 아니라, 이번에는 아니다, 야니가 그린 투우에 관한 새로운 그림들을 보기 위해 가는 것이다, 나에게는 림프선 종양이 없으니까, 아직은.

나는 레나의 오빠, 비고를 아마 1987년에, 내가 로마로 떠나기 전에, 알았을 것이다. 그 점에 관해 레나에게 물어보았는데, 레나에 따르면, 50년대 소비에트 화가들의 전시회는 비고가 실종되기 일 년여 전, 1988년으로 거슬러 올라간다. 레나가 로스엔젤레스에서 막 이혼하고 돌아와 오빠와 함께 전시회를 준비했지만, 나는 그녀를, 레나를 만나지는 못했었다. 내가 비고와 알게 된 것은 상점 안 바닥에, 뒤집어둔 액자들과 은제품, 아이콘, 도자기 따위의 물건들 더미 앞에 놓여 있던 자보로프의 어린아이 초상화, 아주 작은 초상화 때문이었다. 나는 항상 비어 있는 그 커다랗고 이상야릇한 상점 앞을 지나고 있었다, 그 상점은 내가 안으로는 들어가지 않고 밖에서 슬그머니 쳐다보기만 하는 버릇을 가지게 되었던 곳으로, 비고가 지하 창고에 쌓아 놓는다고 했던 보물들을 감추기 위해 눈가림용으로 그 끔찍한 것들이 모조리 유리창에 진열되고 벽에 걸려 있는 곳이었다. 유리창 뒤로 흘긋 보인, 바닥에 놓인 어린아이의 초상화, 뿌연 흙빛으로 거의 알아보기 힘든 아주 작은 그 초상화가 나를 멈추게 했다. 결국에는 구입하고 소유해서 나에게 숱한 기쁨을 안겨준 그림들 대부분을 나는 아주 멀리서, 유리창이 선사하는 숨바꼭질 유희로, 그림들을 잘 이해하기 위해 나의 시선이 그림에 머무르는 것을 방해하는 움직임 속에서 찾아냈다, 나는 버스에 앉아 있었다, 나는 차창 너머로 길을 바라보고 있었다, 그런데 갑자기 마르티르로路의 어느 서점 안쪽 어두컴컴한 구석에서, 1987년부터 나의 공동 세입자, 나의 룸메이트가 되었던 젊은 타르티티우스의 그림을 알아보았다. 그 그림은 내 마음을 격렬하게 사로잡았다. 친숙한 물건처럼, 언제나 가지고 있던 것처럼 나는 그것을 알아보았다. 가까이 다가가 보면 견딜 수 없을지도 모르는 것이었지만, 이런 실망의 전제가 나를 안심시켰다. 나는 걸어서, 침착하게, 그 그림을 보러 그곳으로 다시 갔다. 나는 상점 안으로 들어갔다, 나는 벽난로 위의 안쪽에 놓여 있던 그림, 희귀 서적을 파는 상점에 놓여 있던 유일한 그림 앞으로 다가갔다, 그것은 처음에 그것을 발견하고 상상 속에서 좋아하던 모습 그대로였다, 그 자체로 그림에 대한 나의 동경과 일치하는 모습 그대로였고, 대체로는 그 자체로 최고의 모습이었으며, 의심쩍게 생각했던 것보다 훨씬 더 나았으므로, 그것을 구입하라고 나 스스로를 강요할 정도였다. 아주 특별한 흥분이었다, 쥘은 그것을 조롱삼아 구매자의 흥분이라고 불렀다. 희귀 서적을 취급하는 상점 주인은 그가 차를 마시던 아베스로路의 관리실에서 그림을 얻게 된 모양이었다. 그림은 오랫동안 지하실에 있었다, 그것은 조금 망가졌다, 어쩌면 로마 상*의 수상작이었을지도 모른다, 그러나 그림에는 서명이 없었다, 카탈로그에서 찾아보아야 할 것이다, 오르세 박물관에도 대리석으로 된 타르티티우스 조각상이 있었다, 어쩌면 같은 시기의 로마 상

* 19세기부터 유래된 표현으로 일반적으로 구체제의 왕립 아카데미 공쿠르를 지칭한다. 프랑스 혁명 이후에는 이탈리아에서 젊은 예술가들이 자기 개발을 하고 발전할 수 있도록 장려하는 미술 아카데미 장학금과 공쿠르를 지칭한다.

출품작일지도 모르고, 콩쿠르의 과제로 주어진 동일한 주제였을지도 모른다. 이 그림은 밝은 부분을 눈곱만큼도 드러내지 않는다, 그것은 흐릿하고 억눌린 듯 윤기가 없는 노르스름한 회녹색으로, 루앙 박물관의 〈쥐미에주의 형인刑人들〉만큼이나 밝은 부분이 없다, 거기서는 사람들이 아이를 돌로 때려죽인다. 그 애서가는 아베스로의 관리인에게 만 오천 프랑을 주고 그림을 구입했다고 주장했다, 그는 영수증을 보여줄 수 있다고 했다, 화상들은 이를 뽑는 사람처럼 거짓말을 잘한다, 언제나 보여줄 영수증이 있다는 것이고 그것은 오래된 서류 더미 속에 있어서 찾기 힘든 것이 되고 만다, 그러나 그 경우, 대개는 훔친 그림들이며 정식 수속을 밟지 않고 다시 팔린 그림들이다. 마르티르로路의 상인은 그의 타르티티우스 그림에 대해 이만 오천 프랑을 원했다, 적절한 수익을 위해서였다. 나는 이만 프랑까지 가격을 낮추는데 성공했고, 가격을 흥정하기 위해 일주일 후에 다시 찾아갔다. 그림을 수집하기 위해서는 그림을 가로채이는 위험을 무릅쓰고서라도 시간을 들여야 한다. 아니면 첫눈에 홀딱 반해서 무슨 수를 써서라도 당장 그림을 가져와야 한다. 물속으로 뛰어드는 아레조 시장의 결박된 연인들, 베르뇌이로路의 뱅상의 발을 그린 목탄화, 나는 그것들을 처음 보고 나서, 나의 욕망을 감추려는 어떤 시도도 하지 않은 채, 상식에서 벗어나는 데도 불구하고 흥정을 해서, 5분 만에 그것들을 주머니 속에 넣거나 팔에 끼우게 되었다. 그러나 나는 로마에서, 모자나 망원경처럼, 기이하고 변덕스러운 사람들이 사용하는 도구들을 지니고 한밤중에 화산 불도랑 사이의 육교를 걸어 다니는 뻔뻔스러운 여행객들에게 당했는데, 자살하는 연인들이나 뱅상의 발 그림만큼 좋아하는 아주 희귀하고 작은 그림을 빼앗기고 말았다. 게다가 어리석게도 고작 천 프랑이나 이천 프랑 차이로 놓쳐버린 것이다. 나는 타르티티우스 그림 가격을 만 팔천 프랑까지 흥정하는 데 성공했다. 내가 그곳에 그림을 가지러 다시 갔을 때는 만 오천 프랑까지 내려갔고, 상인은 얼굴이 홍당무처럼 새빨개져서 나에게 제발 떠나라고 간청했다. 가격 흥정에서 더 이상 지나치게 욕심을 부리면 안 되는 순간이 있다. 나는 여러 명의 골동품 상인들을 격노하게 했거나 아니면 분노하는 척하게 만들었다, 그들은 나보다 훨씬 더 교활한 사람들이니 그렇게 할 수 있었을 것이다. 그림 판매업자는 나에게 지불 보증 수표를 요구했다, 나를 담당하는 여성 은행원은 일반적으로는 훨씬 더 막중한 구입 시, 예를 들면 호화로운 자동차 같은 것들을 구입할 때에만 지불 보증을 요구한다고 말하면서 놀라움을 감추지 않았다. 초기에는 그림 판매업자들이 나를 불량배로 여겼다. 내가 돈이 없는 게 분명하다는 것이었고, 흥정하는 데 병적인 열정을 지닌 가련한 편집증 환자 같은 미치광이로 생각했으며, 절대로 내가 그림들을 구입하지 않을 것이라 여겼다. 바로 그렇기 때문에, 때때로 나는 협상을 잘 이끌어 갈 수 있었다. 다시 말하자면 그림 판매업자는 나를 구매자로 간주할 수 없었고, 나를 이상한 사람으로 취급하면서 목적 없는 완고한 별종이라고 생각했던 것이다.

내가 어떻게 그들이 나를 화상으로 여기도록 할 생각(그러니까 나를 부자로 생각하게 만드는 것보다 더 능란한 생각)을 가졌었던가? 베르뇌이로路의 한 여성 화상이 갑자기 나에게 물었다. "그런데 선생님은 화상인가요?" 불현듯 떠오른 의혹에 나는 그렇다고 대답했다. 그 순간에 나는 화상이 되었으니, 사기꾼이 된 것이기도 했다.

"나는 미국인이고 예술품 딜러입니다. 이름은 케이트고, 서른다섯 살이랍니다. 여기 양손에 든 블루밍데일 백화점 비닐 봉투 안에는 오십 달러짜리 지폐로 천만 달러가 있습니다. 방금 나는 돈세탁을 하는 마약상 마피아 일원에게 18세기 프랑스 이류 화가들의 컬렉션을 팔았어요. 그중에는 진품처럼 보이는 프라고나르의 스케치도 있습니다. 그런데 나는 마피아에게 그림들을 건네줄 수 없는 처지입니다. 마피아는 나에게 돈을 지불했지만, 거래 중개인이 똑같은 컬렉션을 처음에는 상대적으로 정직한 사람들에게 팔고 나서 나에게 또 팔아, 이중으로 판매하고 달아나버렸으니 말입니다. 나는 두렵습니다. 나는 실물도 없는 이 유령 컬렉션 구매에 대부분을 투자했기 때문에 돈을 되돌려줄 수 없습니다. 다행히도 나에게는 좋은 마피아 친구들이 있습니다. 그들이 그 거래 중개인을 찾아낼 수 있도록 노력할 겁니다."

그 여성 화상은 나를 다르게 대했고, 나를 다르게 보았으며, 갑자기 나에게 완전히 다른 것에 대해 말했다. 그녀가 나에게 화상과 사기꾼으로서의 직업 정신에 대해 알려준 것이었다. 가장 아름다운 것들을 돈으로 망가뜨리고 가격마저 터무니없이 부풀려진 채 타락해버린 고미술 비엔날레의 카롤루스 뒤랑 그림, 그 그림 가격을 나는 아주 교묘하게 흥정했다, 내가 그것을 구입할 수 없다고 확신했기 때문이었다, 그 그림은 이십만 프랑으로 나에게는 매우 비싼 것이었다, 그런데 가격 흥정에서의 초연함과 명백히 미치광이처럼 보이는 모습 덕분에 나는 현장에서부터 전화로 이어지는 흥정이 있은 지 보름 만에, 그림을 십만 프랑에 가져갈 수 있게 되었다. 처음에 나는 십육만 프랑까지 가격을 낮추는 데 성공했었다, 어느 박물관이 그 가격에 그 그림을 구입하고 싶어 했다, 하지만 박물관은 복잡한 절차를 거쳐야 하고 돈을 지불하는 데 시간이 많이 걸린다. 나는 비엔날레 폐막 후 닷새가 지나서 엑상프로방스의 빗투성이 고미술 판매업자에게 나의 전화번호를 알려주기를 거절했다. 그는 분명 자신의 전시장 비용이나 전화비도 지불할 수 없을 만큼 급하게 돈이 필요한 처지였다, 나는 곧바로 그것을 알아차렸다, 따라서 나는 그보다 우위의 사람이 되었다. 그는 십사만 프랑까지 가격을 내렸다, 나에게는 여전히 지나치게 비싼 가격이라고 말했다. 그는 나에게 제안해보라고 했다. 나는 "십만"이라고 말했다. 그는 나에게 말했다. "좀 더 노력해보세요. 오늘 저녁에 합의를 봅시다." 나는 말했다. "아니요. 나의 제안에 대해 잘 생각해보세요. 내일이나 모레 전화하겠습니다." 그러나 "더 이상 양보하지 않을 겁니다" 같은 말은 절대로 하지 말아야 한다. 변동의 여지가 없는 협상은 이미 깨진 것이고 사전에 그르친 것이다. 그림 구입이 더 이상 불가능할 수도 있는 위험을 무릅쓰고 내가 일부러 24시간을 보내고 나서야 전시장에 되돌아갔을 때, 나는 빨간 모자를 쓴, 아주 마르고 키가 큰 사람이었다. 화상이 그토록 서둘러 그림을 팔고 싶어 하는 모습을 보인다는 사실이 나에게 의혹을 불러일으켰다. 이것은 위작인가, 아니면 도난당한 그림이어서 영수증을 발급해줄 수 없는 것인가? 위작을 어떻게 식별하는지 레나가 설명해준 적이 있었다. 그녀는 라일락 꽃다발 그림을 나에게 보여주었는데, 그것은 경계심이 생기지 않도록 위조자들이 모작模作의 방식마저 따르지 않고 대담하게 다른 방식으로 처리한 그림이었다. 그녀는 또 다른 그림을 보여주기도 했는데, 위조된 서명이 나중에 덧붙여진 것처럼 보이지 않게 아직 그림이 마르지 않은 상태에서 삽입되어 잘 고착돼 보이도록 부분적으로 다시 그려진 것이었다. 나는 그림 위로 몸을 숙여서 먼저 카롤루스 뒤랑의 서명을 살펴보았고, 그러고 나서 그림의 연도 표시로 적힌 '1885'라는 숫자도 살펴보았다. 카롤루스 뒤랑은 내가 빌라 메디치스에서 2년 동안 거주했던 아틀리에를 건축하게 한 화가였다. 이런 우연 때문에라도 나는 그 그림을 원했다. 나는 좋은 신호를 따라가듯이 우연에 몸을 맡긴다. 카롤루스 뒤랑 그림 한 점이, 레나가 경매 연감을 꺼내 보여준 것에 따르면, 미국에서 이백만 프랑에 팔렸다. 카롤루스 뒤랑의 매매가는 톱니 모양처럼 들쑥날쑥했다. "톱니 모양이라니 무슨 의미인가요?" 레나가 나에게 물었다. 그녀는 러시아어와 프랑스어와 영어가 뒤섞인 말을 사용했다. 레나는 《베네지트》 예술 사전도 찾아보았다. 그녀가 뒤랑 항목에서 살펴보았으나 거기에는 없었다. 우리는 그것을 카롤루스 항목에서 찾아냈다. 진정한 화상이나 진짜 사기꾼이 되고 싶다면 언젠가는 나도 열 권이나 스무 권짜리 《베네지트》와 경매 연감을 사야 할 것이다. 거래를 서둘렀던 빗투성이 고미술 판매업자가 나에게 "조금 더 노력해보세요"라고 다시 요청했다. 나는 그 그림에 십만 프랑 이상을 지불할 수 없다고 말했다. 그는 말했다. "내가 그림을 십만 프랑에 넘기면 내게 남는 이윤은 거의 아무것도 없어요." 나는 반박했다. "나도 나의 이윤을 보장해야 해요. 나는 그림을 십사만에, 심지어 십이만에도 되팔 수 있다고 확신할 수 없습니다. — 뭐라고요?" 그가 어리둥절해서 물었다. "당신은 딜러인가요? — 물론이죠", 내가 말했다. "이렇게 서툰 그림을 나 자신을 위해 구입한다고 생각하시는 것은 아니겠죠? — 왜 곧바로 말하지 않았습니까? 일이 훨씬 간단해졌을 텐데요. — 나름의 작은 전략이 있습니다", 내가 대답했다, "우선은 나를 한 개인으로 여기게 한 다음, 마지막 순간에 나의 패를 드러냅니다." 그가 나에게 말했다. "그 그림을 십만에 넘기는 것은 당신에게 거저 주는 것과 같아요, 그러니 당신은 유리한 거래를 한 겁니다." 그는 곧바로 그의 운송인을 부르고 싶어 했고, 결국은 썩 훌륭한 거래가 아니게 되어버린 그 그림을 빨리 치워버리고 싶어 했다. 신중을 기하기 위해 나는 거래를 지연시켰다, 내가 말했다. "이 액수를 지불하기 위해서는 나를 담당하는 은행원에게 전화를 걸어야 합니다, 전화해도 괜찮겠습니까?" 고미술 판매업자는 그의 전시장 밖으로 멀어졌다. 나는 레나의 전화번호를 얻기 위해 먼저 전화번호 안내 센터에 연락했다. 그녀가 나에게 아니라고 말한다면 그림을 구입하지 않을 것이었다. 나는 그녀에게 고미술 판매업자가 양보했다고, 그가 나에게 십만에 넘긴다고 말했다. 그녀가 물었다. "어느 크기인데요? — 140에 160. 액자는 원래의 것으로 보여요. — 내가 직접 보지는 않았지만 당신의 취향을 믿어요, 구입하세요", 레나가 말했다, "어쨌든 그것은 좋은 투자예요." 나는 열에 들떠서 십만 프랑짜리 수표에 또다시 서명을 한다, 내가 늘 하는 일은 아니다.

사람들이 나에게 이야기해준 바에 따르면, 바이러스로 사망하기 직전 여러 달 동안, 영국 소설가 브루스 채트윈은 런던 고미술 상점에서, 거의 매일, 새로운 그림을 실어갔는데, 그는 그림 값을 치를 수도 없었고 그의 아파트 어디에 걸어야 할지도 모르면서 그림을 가져가서는 다른 것들과 함께 바닥에 쌓아두었다는 것이다. 그가 사망하자, 그의 아내는 화상들에게 그림들을 되돌려줘야 한다고 그들을 설득하려고 했다는 것이다.

라스파이 대로大路에 있던, 오늘날에는 더 이상 존재하지 않는 상점에서, 아주 작지만, 텅 빈 풍경화, 그것을 나는 68번 버스에서 알아보았다. 나는 그림을 발견하게 해준 각각의 버스를 기억한다. 피라미드로路에서 뱅상의 초상화로 추정되는 것을 발견하게 한 것도 68번이다(이 가게 역시 더 이상 존재하지 않는다. 고미술상이라는 직업은 불안정한 것이다). 두루오에 가거나 교외와 지방의 경매장에 가거나 또는 벼룩시장에 가는 대신에, 나는 자신을 존중하는 훌륭한 딜러인 양, 버스를 탄다. 내가 벼락 맞은 것처럼 첫눈에 반하는 것들을 찾으러 나서는 것은 아니다, 나는 그런 것들을 유발하지 않는다, 그것들은 아주 멀리서 나에게 눈짓을 할 뿐이고, 나는 나의 다가섬에 맞서 싸운다, 무모하게 나는, 사물들과 사물들의 욕망 사이에서 시간이 지나가도록 내버려둔다.

안개의 장막 너머로 본 것 같았던 어린아이의 초상화, 그러니까 나는 그것을 멀리서, 길에서부터 발견했다, 그래서 나는 상점 안으로 들어갔다. 나는 상점이 비어 있다고 생각했다.

바닥에 놓인 작은 그림을 자세히 살펴보려고 몸을 웅크렸다. 나는 그것을 훔칠 수도 있었다, 나를 보는 사람은 아무도 없었다. 돈이 부족해서 그림들을 살 수 없었기 때문에, 아니면 그림들이 이미 팔렸거나 팔릴만한 것이 아니었기 때문에, 때때로 그림들을 내 것인 양 인식하게 하는 억제할 수 없는 광기에 가까운 동요에 사로잡혀서 나는 그림들을 훔칠 뻔 했었다. 이런 인식에서 도둑질로 넘어가기 위해서는 몸짓으로 감행하기만 하면 되었다. 즉, 오른손으로 그림을 잡고, 웃옷이나 외투 자락으로 감춰진 왼쪽 겨드랑이에 그것을 꽉 끼워 넣는 것이었는데, 그것은 내가 청소년 시절에 책을 훔치기 위해 여러 번 시도했던 수법과 같은 것이었다. 그런데 정확히 바로 그런 일이 나에게 일어난 것이었다, 벌써 몇 달 전, 몽파르나스 대로에 있는 표구사 하바드의 상점에서였다. 가구 위에 놓여 있던, 모자를 쓰고 바둑판무늬의 둥근 손수건을 얼굴 가까이 댄 채 눈을 감은 소년의 작은 초상화를 보았을 때, 나는 즉시 그것이 나에게 속해 있어야만 하는 것임을 알아보았다, 그래서 나는 손님이 상점에서 나가기를 기다렸다가 그것을 재빨리 낚아챘다. 판매원이 언제든지 들어올 수 있었다. 그림은 웃옷 자락 밖으로 비죽 나와 있었다, 외투를 입는 겨울이었다면 확실히 성공했을 것이다. 나는 쿵쾅대는 가슴으로 그림을 다시 내려놓았다. 표구사 면전에서, 다른 방식으로, 어쨌든 그림을 순식간에 훔치기 위해서는 교활해야 했고 적절한 전략을 생각해내야 했다. 그림 뒤에는 이름이 적힌 표가 있었다, 나는 그 이름을 적어두고 사람을 보내 그 이름으로 소개하게 하고, 흔적을 남기지 않기 위해 현찰로 액자 값을 치르면서 그림을 찾아오도록 시켰어야 했다, 그렇지만 너무 늦었다, 제때 그 생각을 떠올리지 못했다, 게다가 표구사가 나의 액자와 함께 상점 뒤쪽에서 돌아왔다. 나는 시간을 벌어야 했다. 나는 그에게 비가 온다고 말했다. "아 그래요? 확실해요? 몇 방울 떨어지겠죠? — 아니에요, 전혀 그렇지 않아요, 폭우가 쏟아질 것 같아 걱정인데요, 그림이 젖는 게 싫은데, 죄송하지만 그림을 좀 더 잘 싸주시겠어요? — 포장용 에어캡으로 한 번 더 싸면 될까요? — 원하시는 대로요." 그를 상점에서 다시 나가도록 해야 했고 그에게 일거리를 줘야 했다. 필사적으로 나는 그림을 집어 들고 겨드랑이 사이에 다시 끼워 넣어보려고 했다, 물론 그것은 전보다 더 잘 숨겨지지 않았다. 아주 고통스러운 마음으로, 나는 그것을 다시 내려놓았다, 마지막 기회는 표구사를 다시 한번 상점 밖으로 내보내고, 그가 상점 뒤에서 나의 손 스케치와 함께 가져온 커다란 비닐 봉투 속에 단순히 그림을 넣어버리는 것이었다, 그렇지만 뭐라고 둘러댄단 말인가?

나는 표구사에게 내가 그에게 절대로 맡기지 않았을 사진 한 장, 가령 카르티에 브레송의 사진을 찾아가겠다고 할 정도의 임기응변이 있어야 했다, 그러면 사진의 분실로 유발된 그의 불안이 모자를 쓴 아이 그림이 없어졌다는 사실을 순간적으로 덮어버릴 수도 있었을 것이다. 그러나 나는 그렇게 하는 대신에, 표구사가 포장용 에어캡으로 감싼 내 그림을 가지고 돌아오자, 멍청하게 빗속으로 달려 나갔다. 나는 잠든 아이 그림을 가리키면서 그에게 말했다. "이 그림은 정말 매력적이네요, 무슨 그림이에요?" 표구사는 그림에 대해 아무것도 알지 못했다, 표구사는 나를 약간 비웃었다, 그리고 나에게 말했다. "이제 저런 그림을 찾아내는 것은 불가능해요, 진짜 작은 보석이죠." 완전히 끝장난 일이었다, 다시 말하자면, 나의 욕망을 드러냈으니, 그림을 도난당한다면 그가 돌이켜볼 때, 그렇게 표명된 욕망은 나를 고발할 충분한 이유가 될 것이었다. 이어서 나는 아마도 그림에는 영국 이름일지 모를 D. 스테펜슨이라는 불가사의한 서명이 되어 있을 거라고 생각했고, 그것은 내가 가지고 있는 초상화, 내가 20년대의 것이라고 생각한 뱅상(그런데 뱅상은 60년대 말에 태어났다)으로 추정되는 초상화에 있는 것과 같은 서명일 거라고 예측했다. 표구사는 나에게 말했다. "오늘 한 고객이 그것을 맡겼습니다." 집으로 돌아오면서 머릿속에 한 가지 생각이 떠올랐다. 그 고객은 고미술 화상인가? 그러면 나는 그림을 구입할 수 있을 것이다. 나는 표구사에게 전화했다, 그는 나름 이유 있는 짜증을 내며 말했다. "전혀 그렇지 않아요, 비에르종의 약사입니다, 그의 부인이 그에게 생일 선물로 준 것입니다."

바닥에 놓여 있던 흐릿한 다른 작은 초상화 역시 생일 선물이었다. 내가 망설이고 있는 바로 그 순간에 갑자기 수염을 기른 키가 크고 마른 어떤 사람이 나타났으니, 그것을 훔치려고 하지 않은 것은 잘 한 일이었다. 퉁명스러운 동시에 회피하듯이, 동유럽 국가의 강한 억양으로 그는 내게 원하는 게 무엇인지 물었다. 이 그림의 가격은 얼마인가요, 그리고 누가 그린 것입니까? 그는 나에게 기다리라고 하고서 사라졌다. 그가 다시 나타나, 나에게 따라오라며 상점 뒤쪽으로, 러시아 책들로 뒤덮인 사무실로 데려갔다. 비고는 그곳에 앉아 있었다. 내가 비고를 처음 본 날이었다. 그는 아주 상냥하지는 않았다. 그는 방해받고 있다는 생각을 하게끔 했고, 그것을 물어보기에 적절한 순간이 아니며, 절대로 그런 순간은 오지 않을 거라는 느낌을 주었다. 왜 그랬는지 나도 모르겠으나, 나는 그에게 작가라고 말했다, 그것으로 그는 조금 너그러워졌다. 그 역시 글을 쓴다고 했고, 사십 대로 보이는 상대적으로 젊은 나이에도 불구하고 예전에는 글을 썼었다고 말했다. "시를 썼어요." 그가 덧붙였다. 그 작은 그림은 자보로프의 작품이며, 화가가 바로 그날 아침에 그의 생일 선물로 그림을 놓고 갔다고 말했다. 그러니까 그날은 비고의 생일이었던 것이다, 그의 누이에게 그것을 물어보면서, 이제 나는 비고와의 이 첫 번째 만남의 날짜를, 1987년이나 1988년으로, 정확하게 설정할 수 있을 것이다. 그러니까 그 그림은 팔 것이 아니었다. 화가 친구가 그의 생일을 위해서 그림 뒤쪽에 러시아어로 헌사를 적은 것이었다. 창백하고 말을 더듬거리는, 키가 크고 수염을 기른 남자는 사라졌다. 그가 조셉이다, 주인이 사라진 후에도, 그는 여전히 상점 안에서 어슬렁거린다, 줄리엣이 조금은 그의 일을 대신한다고 말할 수 있다, 줄리엣은 처음에는 이웃 상점에서 일했었고, 오후 5시 이후에 가끔 들러 비고와 그의 누이와 조셉과 함께 보드카를 마시곤 했다고, 레나가 나에게 말해주었다. 레나는 오후 5시 이후에 보드카를 마시는 전통을 이어나갔다. 나는 레나와 함께 보드카를 마신 적이 없었다, 나는 그녀가 취한 모습을 한 번도 보지 못했다. 레나는 이제, 화가인 조셉에게 도움을 요청한다, 나는 정당하지 않게, 그가 형편없는 화가라고 상상해본다, 레나가 수집가에게 보여주고 싶어 하는 그림을 줄리엣이 작품 보관 창고에서 찾아내지 못할 때, 조셉은 그림의 크기를 기억해내면서, 포장용 에어캡으로 싸여 있는 액자를 손으로 더듬거려보기는 해도 그림은 보지도 않은 채, 어김없이 그림을 찾아낸다. 비고는 자보로프의 카탈로그를 꺼내 나에게 보여주었다. 나는 한 어린아이 그림을 보고 놀라 감탄하며 거기에 머물렀는데, 내 기억이 정확하다면, 자기 아버지의 장례식 관 설치대 앞이나 뒤에서 양초를 들고 서 있는 아이 그림이었다. 비고는 작품 보관 창고에 자보로프의 작품을 많이 가지고 있었다, 언젠가는, 내가 적절한 때에 들르는 날, 그것들을 보여줄 거라고, 나에게 말했다, 곧바로 그가 알려준 바로는, 현대미술 박물관에서 회고전을 한 것이 분명한 이 화가에 대해서 이제는 아주 비싼 매매가격이 형성되어 있다는 것이다. 그의 그림들은, 마치 회화가 사진의 추억을 고정시키는 먼지일 뿐이거나 거미줄에 불과한 것인 양, 물감을 분사한 상태에서 화석화된 오래된 사진이라고 할 수 있을 정도였다.

닥터 나시에는 안심이 된다고 금요일에 말한 후, 토요일 아침에 나에게 전화를 걸어, 생각하면 할수록 내 결과가 이해하기 힘들고 잘못된 것 같다고 말했다, 그리고 그는 5시에 오겠다고 약속하고서 늦을 거라는 예고 전화도 없이 저녁 7시경에 나의 집에 들렀는데, 표현할 수 없이 불안한 상태였다. 그의 말인즉, 보조 의사에게 "아무것도 없습니다"라고 반복해 말하라고 시키기만 하고서 연락이 닿지 않게 된 외과 의사가 어쩌면 멍울이 아닌 다른 것을, 어쩌면 단순히 근육 섬유를 떼어냈을지도 모른다는 것이었다, 그 이유는 낭포에 싸인 멍울이 여러 관들과 신경들이 지나가는 아주 까다로운 부위에 있었기 때문이라는 것이었다. 소위 그 멍울의 입자에서 림프선 종양도, 결핵도, 심지어 HIV 바이러스도, 그 어떤 것도 발견하지 못했다는 것은 그로서는 이해하기 어려운 일이라는 것이었다. 나는 현기증이 났다. 나는 닥터 나시에에게 그가 미쳤거나, 아니면 수술 후에 조금이라도 의혹이 있다면 적어도 동료로서 그에게 알려야 하는데 그렇게 하지 않은 것을 보면 그 외과 의사가 난폭하게 구는 미치광이이거나, 그것도 아니라면 내가 미치광이가 된 것이라고, 따라서 나는 이 이야기를, 어쨌든 미치광이들의 이야기가 분명한 이 이야기를 잘 인지하지 못하고 헤매고 있다고 말했다, 그는 그것을 인정했다. 나는 그에게 아주 긴급하게 쥘과 베르트의 집에 함께 가자고 간청했다. 나는 소송을 할 것이라고, 그가 아니라 그 외과 의사에게, 더군다나 내가 수술 붕대를 계속 감고 있으니, 그 외과 의사가 자기 일을 제대로 하지 않은 거라면 그 의사를 상대로 소송을 하겠다고 그에게 말했다.

이미 수술대 위에 누워 녹색 수의로 뒤덮인 채, 내 머리를 핑 돌게 만들 약품이 나에게 주사되기를 기다리면서 나는 외과 의사에게 수술을 촬영할 수 있는지 물어보았었다. "뭐라고요? 수술을 촬영한다고요? 그것이 어떻게 가능할까요? 무엇을 가지고 수술을 촬영한다는 건가요? — 카메라로요. — 여기에 카메라를 가지고 왔어요? — 네, 탈의실에 있어요. — 우리가 당신 목을 절개할 텐데 당신이 어떻게 카메라를 잡는다는 겁니까? 당신 미쳤군요··· — 선생님이 수술하는 일에 지장을 주지 않는 곳에, 가구 위에 카메라를 올려놓고 자동으로 작동하도록 하면 될 텐데요. — 어림도 없는 일입니다." 외과 의사가 말했다. 나는 더 우기지 않았다. "좋아요, 당신이 원하는 대로 하세요", 그가 덧붙였다. "당신이 하고 싶은 대로 하세요. 나는 상관하지 않겠어요." 나는 다시 일어났다. 나는 프낙 상점 봉투 바닥에 숨겨둔 카메라를 찾으러 탈의실로 갔다. 나는 수술대에서 적어도 1미터가량 떨어진 금속 콘솔 위에 카메라를 올려놓았다. 나는 카메라 앵글을 조절했다. 그리고 다시 누웠다. 마취 의사가 나에게 주사를 놓으러 왔다. 나는 이런 종류의 이미지와 음향이 어떤 결과를 보여줄지 알지 못한 채 비디오테이프가 돌아가게 내버려두었다. 석 달 전부터 촬영했지만 아직 아무것도 보지 않았으므로 그 결과 역시 모르고 있었다. 나는 촬영물을 보는 것을 자제했다. 나는 심지어 잘 녹화되는지 파인더로 확인해보고 싶어 하지도 않았다. 이미 나는 45분짜리 비디오테이프 스물세 개를, 다시 말하면 열 시간이 넘는 필름을 소지하고 있었다. 하지만 아무것도 녹화되지 않았을 수 있으며, 이미지가 하얗거나, 음향이 전혀 없거나, 아니면 둘 다일 수 있다는 점을 나는 알고 있었다.

수술 후, 회복실에서 나오면서 나는 석화를 먹고 싶으니 당장 라쿠폴로 데려가달라고 닥터 나시에에게 간청했다. 그는 미친 짓이라고 말했다. 나의 집으로 가야 하고 그가 장을 보러 갈 것이며 우리가 함께 식사할 거라고 말했다. 그러나 나는 라쿠폴에서 석화를 먹겠다는 생각을 단념하지 않았다. 나는 라쿠폴의 유리문을 밀었다. 그때 나시에가 나를 나무랐다. "네가 잘 이해하고 있는 것인지 모르겠지만", 그가 말했다, "네 모습을 거울에 비춰보지 않은 게 분명하군, 어쨌든 미리 말해두겠는데, 그 커다란 하얀 붕대를 목에 두르고 있는 모습은 꼴사납게 보이고, 네 뺨은 소독약으로 완전히 노란 색이야, 정말로 들어가고 싶어?" 나는 그렇다고 대답했다, 그리고 식탁에 앉아 있는 어리둥절한 사람들 사이를 지나갔다. 우리를 응대한 사람은 전에 한 번도 본 적이 없는 젊은 청년이었다. 그는 깜짝 놀라 당황하고 순진한 눈으로 나를 몰래 관찰했다. 나 역시 그를 몰래 쳐다보았다, 나는 그를 애무하고 싶었다. 그러나 우리는 각자 다른 세계 속에 있었다, 삶에서 죽음으로 가는 통로이고, 그 또한 누가 알겠냐만, 죽음에서 삶으로 가는 통로일 수도 있는, 보이지 않는 유리에 의해 분리되어서.

집으로 돌아오면서 나는 목 부위의 절단된 근육 조직에 강렬한 통증을 느꼈다, 참기 어려울 지경이었다. 나는 나시에가 준 아편을 가지고 있었다, 나는 아편 복용을 자제했다. 마조히즘 때문에 그런 것은 아니지만 고통은 나에게 엄청난 힘을 주었다, 이 고통은 나를 거물로, 거인으로 만들어주었다, 고통을 참아내는 나의 참을성이 대단해서가 아니라 고통은 나의 생각 하나하나에서 나를 성장시키는, 나 자신을 알게 하는 도구가 되었다. 나는 수술 필름을 보고 싶었다. 내가 직접 페리텔 연결 단자를 가지고 파나소닉 비디오카메라를 소니

텔레비전에 연결했고, 리모컨의 가능한 모든 버튼을 눌러 보았다. 비디오 영상은 나타나지 않았다. 그동안에 친구 주크가 나에게 전화했다. 나는 그녀에게 나의 의도를 설명했다. 그녀가 말했다. "그건 자신의 목이 절개되는 동안에 냉정하게 자신의 모습을 촬영하는 아주 용감한 남자의 이야기야. 그는 자기 집으로 돌아와 테이프를 돌려보지, 그런데 그는 기절하고 마는 거야." 전화를 끊고 나서 나는 이미지가 나타나기를 바라며 끈질기게 시도했다. 그런데 갑자기 화면 위에 이미지가 나타났다, 푸르고, 금속성인, 뜨거우면서 동시에 차가운, 비현실적인, 미치도록 아름다운 이미지였다. 나는 무슨 일이 일어난 것인지는 깨달았지만, 당장 파악하지는 못하는 모습이었다, 왜냐하면 눈은 뜨고 있었고 절개된 목으로 말은 할 수 있어도 주사를 맞아 머리가 빙빙 돌며 어지러웠기 때문이었다. 사람들이 내 팔을 묶어 놓았는데도 내가 그것을 인지하지 못했다는 것을 알아차렸다. 내 귀에서 불과 몇 센티미터 떨어진 곳에서 사람들이 발설하던 그 순간에는 감지하지 못했던 말들을 나는 들을 수 있었다. 외과 의사는 보조 의사를 야단쳤다, 그가 그녀에게 말했다. "이봐, 잘 봐, 거기, 그건 뼈잖아, 정신 차리고 주의해!"

그러나 이미지는 수술 부위로 강렬하게 내리쬐는 빛 때문에 자발적으로 검열되었다, 강렬한 빛은 목 주위로 쏟아지는 빛줄기의 격류처럼, 피가 흥건한 부위와 도살장을 추상적인 영역으로, 눈부시게 작열하는 구역으로 변화시켜놓았다. 보고 싶은, 또는 절대로 보고 싶지 않은 것과 카메라 앵글 사이에 느닷없이 삽입되어 즉석에서 숨바꼭질을 하는 간호사의 가운들과 더불어 진수성찬을 굽어보는 식인종 화성인을 닮은 외과 의사와 보조 의사 때문에 가려진 수술 장면으로, 이미지는 완전히, 그 자체로 히치콕풍이 되었다. 나는 텔레비전에서 그와 같은 수술을 한 번도 본 적이 없었다, 텔레비전에서 수술 장면을 보여줄 때는 일반적으로 수술하는 대상을 보여주고, 그것에 중심을 두고 근접하여 보여주기 때문이다. 그런데 나의 수술 장면에서는, 급증하는 피를 제거하려는 은폐가 더 많은 두려움을 불러일으켰다. 테이프를 멈추었을 때 나의 고통은 배가되었다, 나는 전혀 예기치 못한 무엇인가에 대해 쓰기 시작했다. 수술에 대해서나 비디오에 대해서가 아니라, 스스로의 한계를 극복하게 하는 이 고통에 대해서가 아니라, 회화에 대해서였다. 나는 화가 야니에 대해 원고를 썼는데, 다다음 날에는 그와 함께 마드리드의 텅 빈 프라도 박물관을 방문하러 갈 예정이었다. 나는 원고를 완성하기 위해 침대에서 일어나, 아편에 몸을 맡긴 채, 밤새도록 썼다. 아침에, 녹초가 된 나는 야니에게 전화를 걸었고 긴급히 와달라고 부탁했다. 나는 그에게 원고를 선물하면서 마드리드 여행을 포기해야만 한다고 말했다. 화가 야니는 나의 원고를 가지고 떠났다, 그런데 나에게는 복사본이 없었다. 나는 전에 없이 쇠약했으므로, 저녁이면 석화와 샴페인을 배달시키고, 수술 결과의 판정을 기다리면서, 열흘 내내 집 밖으로 나가지 않았다. 그 판정은 거짓과 진실 사이에서, 정신을 어지럽히는 모호한 것으로 드러날 수밖에 없었으므로, 내가 다시 외출한 첫날, 레나가 가르쳐준 위조된 그림과 진품 사이의 문제와도 어느 정도 흡사한 것이었다.

레나는 뒤죽박죽 섞여 있는 자료 더미 속에서, 10월 10일 런던에서 열렸던 크리스티사의 러시아 미술 경매 카탈로그를 되찾았다. 그녀는 위작을 고발하기 위해서 경매에 가려고 했으나 결국에는 가지 않았다. 그녀는 아이바조프스키 작품들이 소개되어 있는 페이지를 펼쳤다. 레나에 따르면 그것들 중 적어도 세 개는 위작이었는데, 복제된 그림을 근거로 그녀가 보기에 의심스러운 색채가 나타나는 부분을 펜 끝으로 가리키며 알려주었다. 좀 더 성공적인 몇몇 그림에서의 의혹은 그녀가 적외선램프로 원본을 살펴보자고 요구할 정도로 진위를 판단하기 어려운 것이었다. 레나는 그림에서 볼 수 있는 석연치 않은 부분을, 게다가 언뜻 보아서는 진품 같아 보이는 부분이 있다는 것을 알려주었다. 나는 느닷없이 질문했다. — 나는 항상 그런 식으로, 기회가 있을 때마다 준비했던 질문들을 던졌는데, 그것은 인내심을 가지고 점점 더 강도를 높이며 그녀의 사생활을 조심스럽게 간파하는 질문들이었으며, 때로는 내가 마지막 순간에 질문하기를 포기하는 것들이었다. “시간이 얼마나 지나야 실종된 사람이 법적 사망자로 간주되는 건가요? 그의 상속과 유산의 문제에 있어서요?” 레나는 모르는 척 대답을 회피하지 않았다, 그녀는 나에게 곧바로 말했다. “프랑스에서는 7년이고, 소비에트 연방국에서는 잘 몰라요.” 간헐적이고 갑작스러운 방식이 아니라, 그리고 컬렉션 일부를 미국인 판매업자에게 비밀리에 처분하는 방식이 아니라, 비고가 20년 동안 수집한 엄청난 컬렉션에 대해 전적으로 소유권을 획득하기 위해서는, 레나와 비고의 부인에게는 그러니까 5년보다 조금 더 시간이 필요한 것이었다. 나는 그날, 목요일 아침에, 솔롬코의 작은 수채화를 가져왔는데, 중개인 없이 천 프랑을 지불한 것이었다, 레나는 웃으면서 그 그림을 판 대가로 판매자로부터 초콜릿 한 상자를 받았다고 했다. 레나는 꽤 멋진 웃음을 지니고 있었다. 그녀는 늘 보라색, 분홍색 옷을 입고 있었다, 그것이 그녀의 색깔이었다, 원칙적으로는 내가 좋아하지 않는 색이었지만 그녀에게 아름답게 잘 어울리는 색이었다. 보라색의 온갖 뉘앙스로 치장하는 것을 보면 레나는 보라색에 대해서 거의 강박에 가까운 선호를 가진 것이고, 위조품에 대해서는 부정적이지만 흥분시키는 강박을 가진 것이었다. 나는 솔롬코의 수채화를 포장해달라고 하지 않았다, 줄리엣이 없었기 때문이었다, 레나의 말에 따르면 줄리엣을 찾을 수 없다는 것이었다, 그것은 레나를 신경질 나게 했다. “줄리엣은 도대체 무슨 짓을 하고 있는 거야?" 나는 아주 기품 있는 한 남자와 여자 때문에 레나의 사무실에서 쫓겨났다. 어쩌면 수집가들일지도 모르겠으나 레나는 그들에게 나를 소개하지 않았다. 목의 상처 때문에 면도를 할 수 없었던 나는 동굴 속에 사는 사람처럼 수염으로 뒤덮여 있었고 커다란 춘추복용 검은 외투를 입고 있었다. 나는 상점에서 나오면서 모자를 다시 썼다. 경찰 하나가 눈에 띄게 인도에서 기다리고 있었다. 프랑스 경찰과는 전혀 비슷하지 않지만 KGB 비밀요원의 풍자화와 흡사한 소비에트 공화국 경찰이었고, 시시한 드라마에서 흔히 볼 수 있는 모습이었다. 다시 말해, 회색 양복 차림에 딱 벌어진 어깨와 튼튼한 체구를 지닌 사람으로, 경계심이 많으면서 동시에 사고력이 상실된 시선을 가지고 있었고, 몰상식하게 얼룩덜룩한 넥타이를 맨 모습이었는데, 내가 사는 거리나 다른 곳에서 다시 볼 경우를 대비해 잘 기억해두려고 그 모습을 뚫어지게 바라보았다. 반면에 경찰은 아마도 나를 처음 보는 것 같았는데, 나의 빨간 모자와 수염과 커다란 외투를 자세히 관찰했고, 특히 바로 그 순간에 도난당한 것처럼 보였던, 내 손에 들려 있던 뒤집어진 그 작은 액자에 더욱 주의를 기울였다. 그 자리에서 발을 동동 구르며 반 바퀴 도는 행동으로 봐서 그가 내 뒤를 바짝 따라오기를 망설였다는 것을, 하지만 감시를 지속하기 위해 교대해줄 사람이 없었다는 것을, 따라서 어쩔 수 없이 내가 달아나도록 내버려둘 수밖에 없었다는 것을 알 수 있었다. 나는 택시 한 대를 세워보려고 했으나 결국 몽파르나스 지하철역까지 큰길을 따라 계속 걸어갔다.

레나가 나에게 말했다. "이번에는 소식도 없이 그토록 오래 머물지 않기를 바랍니다, 당신이 보고 싶을 테니까요." 나는 바로 그다음 날, 금요일 아침에 그녀를 보러 다시 갔다. 줄리엣이 나를 맞이했다, 그녀는 수염을 좋아했다. 레나는 수염을 좋아하지 않았다. 레나는 버젤리안의 작품 〈잠든 미카엘의 초상 1954〉를 나에게 보여줘야 했다, 그것은 2년 전에, 50년대 소비에트 공화국 화가들의 전시회가 열렸을 때, 내가 돈이 부족해서 구입하기를 포기했던 것이었다. 그 그림은 팔리지 않았다, 레나는 그 그림의 복사본 하나를 찾아냈으며, 또한 다른 그림의 사진 한 장도 찾아냈는데, 잠든 소년을 그린 그레미츠키흐의 〈공동침실〉이었고 팔린 그림이었다. 레나가 나에게 말해준 바로는 그림을 구입한 사람이 그림을 가지러 쏜살같이 왔었고, 아무런 흥정도 없이 현찰로 삼만 팔천 프랑을 지불했으며, 운전기사가 있는 리무진이 상점 문 앞에서 그를 기다리고 있었다고 했다. 나는 레나의 사무실에 앉아 있었다, 우리는 그녀의 던힐 담배를 피우고 있었다, 줄리엣이 창고에서 올라왔다, 나는 불행하게도 다음과 같이 말했다. "내 그림을 찾아낼 수 있는지 줄리엣이 창고에 가서 찾아볼 수 있을 것 같은데요." 그러니까 바로 그것이 그녀가 방금 아무 소용없이 한 일이었던 것이다. 그녀는 신경질을 냈다. 그녀는 내 눈앞에서 사라져버렸는데, 레나가 곧바로 그녀를 다시 부른 것을 보면, 아마도 나의 의견에 반대하며 레나에게 짜증을 내던 몸짓을 그대로 보여주려고 그런 것 같았다. "너는 왜 화가 난 것처럼 팔을 공중에 들어 올리는 거야? 부탁인데 다시 창고로 내려가봐, 그 그림을 찾아낼 거야, 안쪽 구석을 잘 살펴봤어야 했고, 틀림없이 네가 그 그림과 크기가 다른 것들을 찾아봤을 거야, 거의 이 정도 크기의 그림이야, 그리고 액자는 이것처럼 뒤집힌 거고, 너도 조셉처럼 해보기만 하면 될 텐데, 포장용 에어캡을 손으로 만져보면서 알 수 있게 될 거야." 줄리엣은 그림을 가지고 돌아왔다. 그것은 아이 방에서 아무렇게나 끈으로 묶은 아주 커다란 베개를 작은 머리로 짓누르고 등을 돌린 채 잠든 아들을 그리고 있는 한 아버지를 그린 그림이었다. 나는 2년 전에 레나의 오빠가 사만 프랑 이상을 요구했던 것을 기억하면서 레나에게 그림 가격을 물어보았다. 레나는 줄리엣과 통화를 하며 카탈로그에서 가격을 찾아보라고 했다. 전화벨이 울렸다. 레나가 수화기를 들었다. 그녀는 웃으면서 친밀하게, 아르메니아어와 영어와 프랑스어를 섞어가며 말했는데, 그것은 감청을 방해하기 위해서 로스엔젤레스에 있는 그녀의 여동생과 통화할 때 하던 방식이라고 말해준 적이 있었다. 그런데 전화를 한 사람은 비고의 부인이었다. 그녀는 파리에서 쇼핑을 하다가 레나에게 어울릴만한 검은 신발을 발견한 것이었다. 그녀는 망설이고 있다고 했다. 레나가 대답했다. "그게 진짜 검은색이야? 멋진 검은색이야? 너도 잘 알겠지만 내가 좋아하는 검은색이야? 그렇다면 사!" 나는 대화를 듣지 않는 척하면서 가까이에서 그림을 살펴보기 위해 일어났다. 나는 전에 비고의 부인을 만난 적이 있었다. 그녀는 상점 뒤쪽에서 내가 레나와 이야기를 나누고 있는 동안 쏜살같이 다녀갔었다. 레나가 우리를 소개해주었다. 그녀의 올케는 민첩하고 활기찬 여인이었고, 첫눈에 호감이 가면서 비교적 평범했다. 반대로 그녀의 아이들을 알게 된 다른 날에 나는 몹시 당황했다. 내가 레나에게 그녀의 성씨가 아르메니아어로 무엇을 의미하는지 막 물어본 참이었다. 그것은 어떤 강의 이름이라고 그녀가 나에게 대답했다. 그러고 나서 나는 그녀의 오빠의 이름이 무엇을 의미하는지 묻고 있는 중이었는데 그때 두 아이들이 상점 안으로 달려들어왔고 숙모 품 안으로 뛰어들었다. 비고는 자기 아이들을 위해서 그 어떤 용어집에도 없는 이상한 이름들을 만들어냈다. 남자아이 이름은 아르메니아어로 '비지옹'*이었고, 딸아이 이름은 '졸리'**였다. 남자아이가 놀람과 비난이 섞인 굳은 표정을 지으며 나를 이상하게 바라보았다. 내가 감히, 실종된 자기 아버지의 이름을 말하고 있었

---

* 'Vision'이라는 프랑스어는 '비전', '통찰력'을 의미한다.

** 'Jolie'라는 프랑스어는 '예쁘다'를 의미한다.

기 때문이었다. 나는 아이가 내 얼굴 한가운데로 약간의 침을 뱉고 독설을 퍼부었다고 생각했다. 나는 그림을 뒤집어놓고도 그 상태를 읽을 줄 아는, 그림의 상태와 그 진위 여부를 알 수 있는 진정한 전문가가 되었다는 것을 레나에게 보여주기 위해 버젤리안의 그림을 돌려놓았다. 레나가 올케에게 좀 더 낮은 목소리로 말하는 것이 들렸다. "아파트와 상점을 얼마에 평가할 수 있는지 그에게 물어봐…" 줄리엣은 '55'라고 적힌 작은 종이를 가지고 돌아왔다. 레나는 전화를 끊었고, 나에게 말했다. "그림의 가격은 오만 오천 정도 나갈 거예요, 당신에게 오만 이하로는 줄 수 없을 것 같아요." 나는 그녀의 오빠가 2년 전에는 사만 프랑에 그림을 주려고 했던 게 기억나는 것 같다고 레나에게 말했다, 평범하지 않은 그림 판매업자로서 레나는 내가 보아온 모든 고미술 화상들이 자주 주장하는 것과는 달리, 물가 상승 요인을 내세우지는 않았다. 나는 나의 빨간 모자를 다시 쓰고 상점에서 나왔다. 빨간 모자가 나와 얼마나 잘 어울리는지 모른다고 방금 전에 말한 줄리엣 앞에서, 다음에 올 때는 수염을 깎겠다고 레나와 약속했다. 줄리엣이 나를 증오하기 시작했다는 것을 그녀의 시선으로 알 수 있었다. 문 앞에는 소비에트 공화국 경찰이 없었다, 아니면 그 존재를 알아차리지 못했지만, 내 뒤를 따라온 새로운 경찰이 있었던 것이었다.

토요일 아침, 화가 P. F.가 나에게 나의 초상화를 가져다 주었다. 그가 자신의 카탈로그에 실을 글을 나에게 부탁하면서 그 대가로 주겠다고 약속하고 그린 것이었다. 그는 나의 초상화에 푸른 목을, 수염 밑에서 계속 상처가 아물고 있던 절개 부분을 그려 넣었다, 반면에 내 모자의 붉은 색은 채택하지 않았다. 그가 자신의 집에서 찍었던 폴라로이드 사진에서처럼 나는 눈을 감고 있었고 머리를 뒤로 젖히고 있었다. 그는 나에게 그 사진을 돌려주었다. 나는 P. F.에게 괜찮다면, 마치 유령이 나에게 반지를 낀 주먹으로 제대로 한방 때리기라도 한 것처럼, 뺨 위에 푸른 작은 해골 그림을 넣어달라고 요청했다, 그는 삶의 덧없음과 부질없음을 그렸고, 해골은 그의 원동력이기 때문이었다. 그렇게 하는 대신에 그는 중세 사람들이 따랐던 관습처럼, 뒷면에, 나의 머리 뒤쪽에 해골을 감추면서 나의 초상화를 앞뒤로 그렸는데, 그 해골은 아주 특이한 두꺼운 종이의 투명무늬 속에 스며든 것으로, X선 사진의 앞면 같은 것이었다. P. F.는 FIAC* 때문에 며칠 동안 파리에 다니러온 미국의 유명한 판매업자가 그의 최근 그림들을 좋아했으며, 그것을 뉴욕에서 전시할 수도 있다고 말했다고 했다. 그는 만족했다. 나는 그에게 야니의 독일인 판매업자를 아는지 물어

* Foire internationale d'art contemporain의 약자. 현대미술 국제 전람회로 1974년부터 매년 10월에 파리에서 개최된다.

보았다. 그 사람은 끔찍한 나치당원이며, 골프용 바지를 입고 왁스칠한 장화를 신고 다닌다고 그가 말했다. P. F.는 야니에 관해서 추잡한 이야기를 덧붙이고 싶어 했으며 비밀로 간직해달라고 부탁했다. 즉 그의 말에 따르면, 야니는 그의 오래된 그림들을 위작으로 고발했고 없애버리도록 했다는 것이었다. 그런데 그 그림들은 그 자신이 그린 것이고 여러 화랑에 낮은 가격으로 팔았던 것이라는 점을 그가 분명히 알고 있다는 것이었다. 그 그림들을 낮은 가격에 팔아버린 이유는 그가 그것들을 더 이상 좋아하지 않았을 뿐 아니라, 그렇게 함으로써 공매에서 그의 작품들을 염가로 팔아버리면서 그의 공시 매매가를 낮출 가능성이 있는 투기자들에게 복수할 수 있기 때문이라고 했다.

일요일 저녁, 쥘과 안나가 가져온 통닭 한 마리를 맛있게 나눠 먹으며 우연히 A2 채널 뉴스에서 슐로스 컬렉션의 우여곡절에 관한 탐사 프로그램을 보게 되었다. 화면 속의 남자는 그의 할아버지나 증조할아버지들에게서 나치당원들이 훔쳐간 그림들을 되찾기 위해, 닫힌 문 앞에서 벨을 누른다. 그는 상대 부족의 머리를 잘라오던 머리 사냥꾼의 모습과 흡사하다. 텔레비전 뉴스는 스캔들을 인용한다. 슐로스 컬렉션의 그림들이 고미술 비엔날레에서 포착되었기 때문이다. 그곳은 내가 카롤루스 뒤랑의 그림을 구입한 곳이었다. 박물관의 한 여성 관리자는 크리스티나 소더비 같은 회사들은 나치당원들이 훔친 그림들을 은닉한 장물아비였다고 고발한다. 슐로스 컬렉션이 괴링의 운전기사 집에까지 다다르게 되었으며 그가 여러 해에 걸쳐 그림을 팔아치웠다는 것이다. 인터뷰에 응한 괴링의 운전기사는 단 한 번도 슐로스라는 이름을 들어본 적이 없다며 전부 부정했다. 안나와 쥘과 함께, 슐로스 컬렉션의 카롤루스 뒤랑 그림 앞에서 우리가 통닭을 먹고 있는 것은 아닌지 자문해본다. 경찰은 비엔날레에서 그것들을 되팔아버린 고미술 판매업자들의 가택을 수색했다. 안나는 떠나면서 인터폰으로 나를 불러, 내가 그녀에게 부탁한 바대로, 톰블리나 야니에 앞서, 세상에서 가장 비싼 화가인 줄리안 슈나벨의 최근의 카탈로그를 나의 우편함에 넣어두었다고 말했다.

10월 30일 화요일, 정오 무렵에, 안나는 나를 FIAC에 데려가기 위해서 그녀의 파란 도핀 자동차를 몰고 나를 찾으러 왔다. 건물 로비에서 나는 그녀에게 수위 아주머니를 소개했다. 세드릭은 수위 아주머니의 치맛자락 속으로 몸을 감췄다. 수위 아주머니는 세드릭이 그날 저녁 부모와 함께 FIAC 야간 개장에 가기로 되어 있다고 말했다. 세드릭은 나와 같은 건물에 사는 여덟 살의 소년으로 서적상의 아들이다, 내가 아프다는 것을 알고는 울음 섞인 커다란 눈으로 나를 바라보고 내 뒤에서 몰래 무슈* 기베르라고 부른다. 세드릭은 미술 수업에

간다. 그는 나중에, 병마는 제외하고, 나처럼 사는 사람이 되고 싶어 한다. 안나와 함께 우리는 엘리옹의 작품 한 점(이십만 프랑, 안나는 엘리옹을 좋아하지 않지만 나는 좋아한다), 보이스의 완전무결한 장식 진열창(FIAC 전체에서 가장 비싼 물건이라고 안나가 나에게 말한다), 보나르의 작은 그림 한 점, 비야르의 작은 그림 한 점, 피카소의 많은 작품들, 니콜라스 드 스탈의 멋진 그림 세 점, (일반적으로는 내가 좋아하는 작가인) 산드로 키아의 끔찍한 그림 한 점, 길버트와 조지의 우스꽝스러운 것들, 톰블리의 허세 부리는 작품들, 안젤름 키퍼의 우울한 빛의 작품들, 도처에 (내가 열광적으로 좋아하는) 신디 셔먼의 엄청나게 많은 작품들, (내가 열광적으로 좋아했던) 윌리엄 위그맨의 그로테스크한 작품들, 안나가 나에게 알게 해준 조셉 코넬의 매혹적인 작은 상자들을 보았고, 이봉 랑베르 부스에서는 베르나르 포콩의 큰 사이즈 사진들(일련번호에 따라 십 프랑에서 이만 프랑 사이), 캔버스의 석쇠 위에서 부풀어 오른 문어들 같은 야니의 보기 흉한 작은 그림 두 점(그래도 야니는 때때로 세상을 조롱한다), 너무나 경이로운 것이어서 어쩌면 그의 것이 아닐지도 모르는 마그리트의 작은 구아슈 한 점(푸른 밤을 배경으로 테이블 위에 놓인 단순한 은그릇인데, 그 안에 달, 비스듬히 누운 초승달과 온전한 원형의 빛을 발하는 노란 자국과 별들의 몇몇 작은 흐릿한 점

★ 프랑스어의 '무슈monsieur'는 영어의 '미스터mister'에 해당한다.

들이 들어 있다), 눈 아래쪽에서 튀어나온 자국처럼 번지다 아래쪽 뺨에서 멈춘 포도주 얼룩이 있는 생기발랄한 금발의 소년, 전시장 안에서 웅크리고 나체 여인의 그림을 그대로 베껴 그리고 있을 때 내가 다시 본 그 소년, 명백한 나의 욕망에도 불구하고 그의 포도주 얼룩에 입맞춤을 하겠다고 요구하는 것이 (그랬다면 나는 무척 기뻤을 것이다, 하지만 나는 그것을 잊어야 한다) 그에게는 무례한 일이라 생각되는 그 소년, 그리고 단순한 그림이지만 명백하게 탁월한 그림인, 그의 교황들 중 하나를 위한 소묘이며 내가 복제품으로조차 본 적이 없는 베이컨의 그림 한 점(사천오백만 프랑, 구화폐로 사백오십억 프랑)을 보았다. 세상에서 가장 위대한 베이컨의 작품 수집가는 다름 아니라 영화 〈로키〉 시리즈(1, 2, 3, 4, 5)의 영원한 배우 실베스터 스탤론이라는 생각을 나는 하지 않을 수 없었다.

1977년 1월의 그날, 나의 첫 번째 책 《죽음 선전》이 인쇄소에서 막 출시되었던 그날부터 나는 계속 베이컨을 생각하고 있다, 나는 스물한 살이었고, 그날은 보자르로路의 클로드 베르나르 갤러리에서 베이컨의 새 전시회를 축하하는 오프닝 파티가 있던 날과 같은 날이었다. 그는 나의 책을 헌정하고 싶었던 첫 번째 인물이자, 출간되자마자 따끈따끈한 책을 가져다주고 싶었던 첫 번째 인물이었다. 베이컨은 약간은 흐릿한 눈빛으로, 피로감이 가득한 모습으로, 공손하고 친절하게 그것을 받아들였다. 몇 주 후 아니면 몇 달 후, 추웠던 어느 멋진 날, 나는 생-앙투안로路에서 그와 마주쳤다. 그는 혼자였고, 나도 마찬가지였다. 나는 그가 그냥 지나가도록 내버려두었다, 그러고 나서 그를 따라잡아 그에게 다가갔다. 그는 나에게 전화번호를 물었고, 한 번도 전화하지 않았다. 그의 인물 사진을 찍어서 그 앨범을 보내고 싶어 했던 사진가 카르티에 브레송은 그의 주소를 정확하게 적었지만 그 앨범이 되돌아왔다고 나에게 말했었다. 즉 베이컨은 철저하게 우편물의 대부분을 열어보지도 않은 채 되돌려 보낸 것이었다. 우리는 그가 파리를 떠나 런던으로 되돌아갔다는 소식을 알게 되었다. 그에 관한 시론을 얼마 전에 발표한 철학자 질 들뢰즈는 베이컨의 꿈이 이제부터는 (철학자는 자기에게 그것을 고백한 화가를 만났다) 세상에서 가장 어려운 것, 다시 말해서 단순한 분수대 물줄기를 파악하고 그리는 데 성공하는 것이라고 말해주었다. 베이컨의 비범한 사진들은 언제나 굉장한 것이었다. 즉 애버든이 찍은 움직이지 않는 맹인의 눈이 감춰진 그의 마지막 인물사진과 황량한 광야 위에서 찍은 브란트의 인물사진, 그리고 1984년에 나무트가 촬영한 그의 아틀리에-쓰레기통 사진 같은 것들이다. 어느 날 저녁, 플로르 카페에서 나는 우연히 그와 마주쳤다. 그는 친구와 함께 있었다. 나는 카페에서 즉시 나와, 나의 최근의 책, 마음 깊은 곳에서 그에게 헌정된 짧은 포르노그래피 텍스트《개들》을 사기 위해, 가까운 라 윈 서점으로 갔다. 그는 기억이 없는 눈빛으로, 약간은 기진맥진한 그 공손함으로 그것을 받아들였다. 다시 몇 년이 지난 후 귀스타브가 이야기한 바로는, 독일 작곡가 한스 베르너 헨체가 런던에서 베이컨과 그의 급사인 포스토와 함께 하루저녁을 같이 보냈다는 것이다. 그날 저녁이 끝날 무렵에, 베이컨은 말보로우 갤러리에서 베이컨의 작품을 꺼내오게 하는 교환권을 포스토에게 은밀히 주었다는 것이다. "그림을?" 나는 넋을 잃고 귀스타브에게 물었다. "아니, 석판화를." 귀스타브가 나에게 대답했다. 그 모든 화가들은 똑같다. 사천오백만 프랑짜리 선물을 하는 것이 어려운 일은 사실인 것이다. 지난주에, 나는 베이컨에게 짧은 글과 함께 나의 신작을 우편으로 보냈다, 나는 봉투에 단지 "프란시스 베이컨. 화가. 런던"이라고만 적었다. 그가 과연 나에게 답장을 보낼 것인가? 아니면 내가 보낸 소포를 되돌려 보낼 것인가? 아니면 아무것도 하지 않을 것인가? 어제 저녁에 나는 베이컨에 관한 소식을 들었는데, 런던에서 베이컨을 만난 피에르에게 소식을 접한 베르나르가 전해준 것이었다. 어느 선술집에서였고, 그가 이야기한 대로, 그가 어린 소년이었을 때 성교한 마차꾼들 중 한 사람과 함께 있었다고 했다, 그런데 이제 그는 나이가 들고 실제로 서 있을 수조차 없을 정도로 위스키에 절어 있었다는 것이다. 하지만 그는 그가 말했던 분수대 물줄기를 그렸다.

오늘 아침에 나는 레나를 보러가고 싶었다. 상점은 닫혀 있었고 철제 셔터가 내려져 있었으며, 두 번째 유리창 뒤로, 상점 뒤쪽의 문이 조금 열려 있었는데 안쪽에서 희미한 빛이 새어나오고 있었다. 어쩌면 레나에게 걱정거리들이 있는 것인지도 모른다. 나는 마자린로路쪽으로, 빌헬름 벤츠 때문에 19세기 덴마크 회화에 관한 카탈로그를 주문해놓은 곳으로 계속 가라고 택시 운전기사에게 말했다. 택시 안에서 나는 상태가 좋지 않았다, 토할 것 같았고 기절할지도 모른다는 생각이 들었다. 나는 신선한 공기를 쐬려고 창문을 내렸다, 택시 운전기사에게 우리가 출발했던 곳으로 다시 데려다달라고 요청했다. 나는 집으로 돌아와서, 구역질이 나는데도 불구하고, 코르푸로, 야니에게 전화를 걸었다. 정오였다, 그는 방금 일어났고 아틀리에로 떠날 준비를 하고 있었다. 그는 두 번에 걸쳐 나와 통화하려고 했다고 말했고, 그 위작 이야기는 계속되고 있으며 결국 서른 개의 위작을 찾아 그 위조자와 만났다고 했고, 그 위조자가 처음에는 울면서 그에게 전화를 하더니 나중에는 자신의 사업 파트너인 마피아 일원과 함께 집에 나타나 그를 위협했다고 덧붙여 말했다. "전화로 그 이야기를 다 할 수는 없어, 야니가 나에게 말했다, 하지만 만나면 다 말해줄게, 완전히 소설 같은 이야기야."

내 웃옷의 왼쪽 주머니에는 어린 소녀, '나의' 어린 소녀가 준 마로니에 열매를 넣고, 오른쪽 주머니에는 공격당할 경우에 호신용으로 사용할 주사기를 넣고, 블루진 주머니들 속에는 아편 캡슐을 가득 넣고, 검은 배낭 안쪽에는 디기탈린 작은 병을 숨기고서 혼자, 화가 야니를 만나러 코르푸로 떠났다. 나는 스티퍼 교수를 다시 보았다. 그는 서류를 위조한 외과 의사에게 다시 전화를 걸었고 나의 검사용 추출 표본의 척추 원반에 대한 두 번째 판독을 실험실에 요청했다. 전날, 나는 면도를 했다, 거기에, 흡혈귀가 피를 빨아먹는 부위에, 그 상처가 나타났다. 야니와 통화했을 때, 그는 유일한 직항 편으로 도착하는 나를 맞이하러 11월 10일 토요일 8시 45분에 코르푸 공항에 나오겠다고 말했고, 낮 동안에 도착하는 편이 더 낫다고, 빛 때문이라고 말했다. '미어 리흐트'.*

11월 6일. 나는 레나를 보러 다시 갔다, 나는 끔찍한 멀미에 시달렸다, 나는 잘 참으면서 택시 운전기사에게 말했다. "저기, 초록색 상점이에요, 문이 닫혀 있으면 계속 가세요, 보지라대로에 있는 에어 프랑스로 가세요." 나는 코르푸행 비행기 표를 찾으려고 했다. 그런데 상점의 철제 셔터가 올라가 있었고 출입문이 여느 때처럼 조금 열려 있었다, 나는 문을 밀고서 빨간 모자를 벗었다, 줄리엣은 그녀의 애플 기기 앞에 없었다, 그

* Mehr licht는 '좀 더 밝은'이라는 의미의 독일어이다.

녀가 나타났다, 레나는 전화를 하고 있다고, 5분 정도 걸릴 거라고 말했다, 그녀는 내가 기다릴 수 있는지 묻고, 앉으라고 권했다, 그녀가 보기에 지난번보다 안색이 좀 더 밝은 것 같다고 했다, 나는 면도를 했다, 레나 마음에 들 것이었다, 벽에는 새로운 그림들이 있었다, 50년대 여인들의 초상화들과 조셉의 자화상들이었다, 줄리엣은 레나에게 내가 왔다는 것을 알리는 쪽지를 건네겠다고 했다, 사무실 문이 당겨졌다, 줄리엣이 돌아와 말했다, "쪽지를 전했어요. 레나는 모스크바에 전화하는 것 같아요, 어쨌든 러시아어로 말하고 있어요." 유리창을 향해서, 나는 앉았다, 거리를 지나는 사람들이 보였다. 쌀쌀하고 멋진 겨울 아침이었다. 상점 바로 앞에는 공중전화박스가 있었다, 나는 이런 생각을 했다, 그러니까, 전화를 걸려고 기다리거나 또는 그런 척하는 사람들은 이 안에서 벌어지는 일을 감시할 수 있을 거라고. 줄리엣에게는 지난주에 두 번이나 들러보려고 했지만 상점이 닫혀 있었다고, 투생 축일* 때문일 거라고 생각했었다고 말했다. 줄리엣이 말했다. "불빛이 보이면 그건 우리가 여기 있다는 거예요. 문을 두드려야 해요. 레나의 사무실을 새로 배치했어요." 나는 줄리엣에게 다음번 공매 날짜가 결정되었는지 물었다, 그녀가 대답했다. "레나가 모든 것을 취소했어요. 그녀는 지난주에 안절부절못하고 몹시, 몹시 피곤해

* 가톨릭에서 모든 성인들을 기리는 축일. 프랑스에서는 11월 1일로 공휴일이다.

했어요." 줄리엣이 그녀에 대해 나지막히 말하고 있는 그 순간에, 완전히 푸크시아 분홍빛 차림에, 잘 어울리는 립스틱을 바르고, 빛나는 보석과 금팔찌, 다이아몬드 귀걸이로 눈부신 레나가 나타났다. 여느 때처럼 그녀는 나에게 사무실로 따라오라고 권했다, 줄리엣은 우리가 이야기를 나누면서 피울 던힐 담뱃갑을 가져왔고 담배를 열어놓으며 준비해놓았다. 나는 서가가 얼마나 바뀌었는지 곧바로 알아차렸다, 먼지가 닦이고, 잘 정돈되었으며, 구석마다 쌓여 있던 잡동사니가 없었다. 비고의 사무실은 마침내 레나의 사무실이 되었고, 그녀는 거기서 빛났다. 그녀가 비고의 사무실에 있는 그 무엇 하나라도 건드리기까지, 그리고 그것을 자기 것으로 만들기까지, 그녀는 오빠가 실종된 이후, 67주간을 기다린 셈이었다. 나는 감탄했다. "새로 칠했다고 할 정도인걸요! — 다시 칠한 건데요!" 그녀가 웃음을 터뜨리며 항의했다. 사무실 안으로 들어가면서 여러 개의 새로운 그림들이 눈에 띄었지만, 나는 첫눈에 아이바조프스키의 그림 두 점을 알아보았는데, 그녀가 나에게 한 번도 보여주지 않았던 그림들이었다. 하나는 아침 햇살에 금빛으로 물든 반투명의 커다란 바다 그림으로 나에게는 곧바로 미심쩍게 보였던 것이었고, 다른 하나는 레나의 등 뒤로 미니어처들이 진열된 단 위에 놓여 있던 아주 작은 그림으로, 거의 텅 빈 음울한 작은 바다 그림이었고, 빛에 대한 어떤 표시도 없는, 가랑비 내리는 어느 날의 일몰과 월출 사이의 완전한 잿빛 순간을 보여주는 그림이었다. 나는 그 커다란 그림을 가리키면서 레나에게 말했다. "이것은 위작이네요, 그렇지 않나요?"

그녀가 나를 쏘아보았다. 제자가 스승을 능가한다는 말인가? 그녀는 대답했다. "아니요, 위작이 아니에요, 내 손에 장을 지지겠어요, 그것은 폭풍우, 난파, 석양 이전에, 행복한 시기의 아이바조프스키 작품이에요." 내가 그림을 살펴보면 볼수록, 그녀가 나에게 가르쳐주었던 것처럼, 그림의 한 부분 전체가 너무나 많은 색채의 부정확성과 결함을 드러내고 있었으므로, 더욱더 아이바조프스키가 그렸다고 할 수 없는 그림으로 보였다. 나는 아주 작은 그림을 보자고 요청했다, 두꺼운 마분지 위에 그린 그림으로, 다만 왼쪽 아래에, 해변에 버려진 직각자처럼 비스듬한 A자로 서명이 되어 있었는데, 그것은 내 책상 위에 놓인 그림의 서명과 같은 것으로, 내가 글을 쓰느라 코를 박고 있는 이 종이에서 고개를 들면 언제든지 볼 수 있는 그림의 서명과 동일한 것이었다. "어쩌면 그가 생일 선물로, 아니면 소망을 표시하기 위해서 친구들에게 보낸 그림들 중 하나일지 몰라요", 레나가 나에게 말했다. "그는 두꺼운 마분지로 된 아주 긴 띠를 택했어요, 이어서 그는 바탕을 만든 거예요, 그다음에 그는 툭, 작은 배를 덧붙인 거예요, 그러고 나서 봉투 크기에 맞춰 자른 거겠죠. 나는 진품이라고 확신해요, 오랫동안 대를 이어온 집안에서 아이바조프스키의 그림인지 모른 채 비고에게 팔았거든요. 하지만 그 그림은 당신이 가지고 있는 그림보다는 덜 전설적이에요." 나는 모스크바에 19세기 예술에 정통한 훌륭한 화랑이나 좋은 판매업자들이 있는지 물어보았다. "아니요, 없어요." 레나가 대답했다, "화랑이라는 개념이 생긴 것은 아주 최근 일이에요, 전에는 그런 게 없었어요, 예술가들의 협동조합이라는 말을 사용했어요, 판매업자라는 것도 없었어요, 팔 것이 아무것도 없었으니까요, 판매를 바라지 않는 수집가들 집에 모든 것이 있었으니까요, 그들은 돈이 필요 없어요, 게다가 그들은 이런저런 것들의 가격을 정확하게 알고 있어요, 소더비나 크리스티사의 모든 카탈로그를 보유하고 있고요, 그런데 그들이 왜 팔겠어요? 돈은 그들이 가지고 있는 그림들과 비교하면 아무것도 아니에요." 나는 레나에게 모스크바로 돌아갈 생각인지 다시 물어보았다. "네", 그녀가 말했다, "그곳으로 돌아가야 해요, 비고와 동시에 사라졌거나 아니면 세관에서 저지당해 묶여 있는 비고의 그림들을 다시 찾아보려고 해요, 하지만 12월 중순 이전에 가지는 않을 거예요. 세관을 통과하지 못하고 차단된 그림이 150점인데, 비고의 재산들이에요, 비고가 구입한 것들이에요, 나는 그 정확한 목록과 영수증들을 가지고 있어요, 50년대 그림 80점과 현대 예술가들의 작품 70점들이지요, 그런데 내가 그 작품들을 요구하면 그들은 다음과 같이 말해요. '당신은 비고가 아닙니다, 당신은 그의 화랑의 대표일 뿐입니다, 그게 전부예요.' 내가 다음에 갈 때에는 비고와 그의 화랑이 법률상 같은 소유권을 가지고 있다는 것을 증명하는 서류들을 그들에게 가져다줄 거예요. 다른 그림들은 어디에 있는지 몰라요, 그 그림들 역시 흔적도 없이 사라져버렸어요." 나는 레나에게 모스크바에 줄리엣도 데려갈 것인지 물었다, 별 뜻 없이 물어본 것은 아니었다. 그녀는 대답했다 "아니요, 나는 혼자 가요, 모든 사람들이 내가 미쳤다고 말하지만 할 수 없어요. 어쨌든 공항에 도착하는 순간부터 미행당할 거예요, 그런데 그게 나를 안심시키기도 해요, 그게 나를 보호해줄 테니까요. 그렇기 때문에 나는 모든 관청에 내가 돌아갈 거라고 미리 알렸어요. 지난번에는 검은 리무진이 계속 나를 미행했어요, 앞좌석에 두 남자가 있었어요. 어느 날 아침, 마지막으로 비고가 목격되었던 로시아 호텔에서 나오는데, 검은 리무진이 거기에 있었어요, 나는 쇼핑할 것이 있었지만, 택시는 보이지 않았어요, 나는 리무진 유리 창문을 두드렸어요, 운전기사는 태연한 척했는데, 처음으로 그는 혼자였어요, 나는 그에게 말했어요, '우리는 정확히 같은 길로 갈 테니, 납득하기 어려운 이유로 당신은 내가 가는 곳과 똑같은 장소로 갈 테니, 나를 데려다줄 수도 있겠죠, 소비에트 연방국에서는 석유가 귀하니까, 그렇게 하면 우리가 에너지 절약을 할 수 있을 거예요.' 운전기사는 이렇게 말하고 차창을 올렸어요. '이해합니다, 하지만 그건 불가능한 일이에요, 죄송합니다.' 나는 그때 레나를 쳐다보지 않고 그녀에게 말했는데, 그녀가 말끝을 흐리거나 완곡한 표현으로 내 말에 반박할 경우 시선 처리를 자유롭게 하기 위해서였으며, 동시에 그러지 못하게 하려는 것이었다. 왜냐하면 내가 그녀의 시선을 살피지 않는 것과 나의 시선이 허공에 머물러 있는 것을 그녀가 보았으니까. "나도 언젠가 모스크바에 가고 싶어요. 나는 아직 가본 적이 없어요." 레나는 나를 반박하는 어떤 거절도 하지 않았다. 그녀는 겨우 다음과 같이 대답했을 뿐이다. "내가 당신에게 말하고 싶은 것은 이 점이에요. 당신이 나를 미친 여자로 취급할 지도 모르겠어요…"

10일 8시 45분. 어떤 이유에서건 야니가 코르푸 공항에 없을 경우 내가 어떻게 해야 하는지 야니에게 물어보았고, 택시를 타고 가겠다는 의향을 비쳤다. 그는 공항에서 아지오스 페트로스 읍에 위치한 그의 집까지 50킬로미터라고 말했다. 바다에 도착하기 약 2킬로미터 전, 왼편 커브길에서 철제로 만들어진 파 문양의 철문을 놓칠 수 없을 거라고 했다. 그것이 바로 그의 집이며, 동네 사람들 모두 그의 집을 알고 있다고 했다. 그런데 어쩌면 야니의 전화를 도청해 우리의 대화를 들은 가짜 야니와 마피아 단원이 나를 납치한 후 야니에게 몸값을 요구하려는 계획을 짜서 코르푸 공항에 나올지 모른다는 생각이 들었다. 내가 레나와 함께 모스크바에 가려고 했을 때와 마찬가지로, 나는 나에게 일어날 수 있는 위험한 상황들을 계속해서 찾았다. 그것은 화가가 황토와 콜타르 물감을 개고,

피 같이 붉은 색이나 그리스의 파란색을 지칠 줄 모르고 반죽하듯 이기고만 있을 뿐, 자신의 그림에 의연히 대처하는 대신 진척이 없는 상태에 갇혀 있는 것과 같았다. 쥘은 나에게 램브란트의 손가방을 돌려주었다, 그걸로 나는 1983년 여름, 엘바섬에서 그림을 그려보려고 했었다. 나는 팔레트에 몇 가지 물감을 짜놓았을 뿐이었고 모사하고 싶었던 와토의 〈질〉이 인쇄된 그림엽서 위로 손을 늘어뜨리고 있었을 뿐이었다. 나의 손은 순수한 고통으로, 나를 벗어나는 괴로움으로, 얼마동안 공중에 그대로 멈춰 있었다, 그러고 나서 패배한, 난처한, 무능력한 모습으로, 신성모독의 행위를 저지르지 못한 채, 다시 내려왔다. 나는 마음을 진정시키기 위해서, 짜놓은 물감들이 말라버린 팔레트를 사진으로 찍었다. 몇 년이 지나 손가방을 다시 열었을 때, 윤기를 잃고 메말라 흐릿해진 가루 같은 물감들을 겨우 알아볼 수 있었고, 동시에 팔레트 밑에 끼어 있는 작은 마분지를 찾아냈는데, 그것은 귀스타브의 잡지들 중 하나에서 쥘이 보고 천에 모사한 포르노그래피 목탄화를 덧댄 마분지였고 그가 한 번도 색칠을 해본 적이 없던 것이었다. 왜냐하면 쥘이 그 마분지는 까맣게 잊고 팔레트를 자기 아이들에게 가지고 놀라고 주었기 때문이었다. 쥘은 다시 그림을 그려보라고 번번이 나를 부추긴다, 그런데 나의 손은 번번이 다시 내려온다.

"…당신은 신자예요?" 레나가 계속 말했다. 내가 방금 그녀에게 교토에 있는 무스 사원의 스님들 이야기를 해주었던 것인데, 그들은 전 생애 동안, 수세기 전부터 나 같은 익명의 사람들이 청원한 소망들을 기도하는 일이 전부인 스님들이다. 나는 레나에게 말했다, "아니요, 전혀 그렇지 않아요. 그러나 나는 다른 사람들의 믿음, 내가 좋아하고 존경하는 사람들의 믿음과 나의 왕고모 루이즈의 기독교적인 기도를 신뢰해요, 그리고 경우에 따라 당신의 믿음도요. — 나 역시 신자는 아니에요", 레나가 나에게 말했다, "하지만 세상이 이 노트, 이 길, 이 사무실 같이, 보이는 것에 지나지 않는다는 것은 가당치 않은 일이에요, 그렇다면 지겨워 죽을 지경일 거에요, 분명히 다른 것이 있어요, 감춰진 규칙과 법들이, 지하의 시스템이나 천상의 시스템이 있는 거예요, 그렇지 않다면 이 삶은 전혀 흥미롭지 않을 거예요." 어떻게 해서 레나가 나에게 로스엔젤레스의 레바논계 아르메니아 여인에 대해 말하게 되었는가? 누군가 레나에게 그 여인을 소개한 것인데, 그 여인은 사람들이 의뢰한 사진들을 백 달러를 받고 해독해주고, 삼천 달러에 사진 속 모델들을 치유해보려고 한다는 것이었다. "로스엔젤레스로 보낼 당신 사진을 나에게 맡기지 않을 이유가 있어요? 잃을 게 아무것도 없어요… — 최근 사진이어야 해요?" 내가 물었다. "사진을 찍지 않은 지 3년이 되었어요… — 내가 당신에게 말하려는 것이 어쩌면 당신을 놀라게 할지 모르고 아니면 당신이 받아들일 수 없는 것일지 모르겠어요, 하지만 내가 가지고 있는 느낌은, 그건 마치… 당신 안에 있는 그 바이러스를 당신이 좋아하는 것 같아요… — 물론이에요, 나는 그것을 좋아할 수밖에 없었어요, 그렇지 않으면 내 삶은 도저히 살아갈 수 없는 게 되었을 거예요, 그것은 불가피하게 근본적이고 결정적인 경험이었어요, 하지만 지금은 그것에 대해 속속들이 알고 무관심해졌어요, 그리고 더 이상 참을 수가 없어요, 지혜를 향한 도정 이후로 처음 반항하기 시작한 거예요. 나는 더 이상 에이즈에 대해 말하는 것을 듣고 있을 수 없어요. 나는 에이즈를 증오해요. 나는 더 이상 에이즈와 함께 지내고 싶지 않아요, 그것은 내 안에서 폐물이 되어버렸어요. — 당신이 그 경지에 이르렀다는 것은 이미 훌륭한 일이에요, 네, 바로 그거예요, 이제 당신은 그 바이러스를 치워버려야 해요, 그것을 당신의 몸 바깥으로 내보내야 해요… 로스엔젤레스에 있는 그 여인이 어쩌면 당신을 도울 수 있을지 몰라요. 그런데 말이죠, 아시겠지만, 나는 내 오빠에 관해서 그 여인의 의견을 물어보았어요, 나는 그 여인을 한 번도 만난 적이 없었어요, 사람들이 나에게 그녀에 대해 말했었어요, 그래서 〈로로르〉에 실린 비고의 그 사진을 중개인을 통해서 그녀에게 가져가도록 했어요. 사진을 보자마자 그 여인이 말한 것 같아요. '불쌍한 사람. 그는 아주 힘이 없어요. 그는 포로가 되었어요. 그는 빠져나올 수 없어요. 하지만 그는 죽지 않았어요, 그는 살아 있어요.' 나는 그녀를 보러 로스엔젤레스로 갔어요, 비고의 흔적을 찾는 대가로 그녀는 삼천 달러를 요구했어요, 나는 난처했어요, 그만한 돈을 가지고 있지 않았으니까요. 나는 포기하려고 했어요, 그런데 우리 여동생이 말하더군요, '비고를 찾으려고 탐정들에게 이미 엄청난 돈을 지불했는데, 삼천 달러를 더 쓰지 않을 이유는 없잖아?' 나는 내 남편, 나의 옛 남편을 만나러 갔어요, 나는 그에게 말했어요, '나에게 삼천 달러를 빌려줘, 갚을 거야. 그림을 팔아서 당신에게 갚을 거야.' 나는 돈을 가지고 그 여인을 다시 찾아갔어요. 그녀는 돈을 받는 데 망설였어요. 마흔다섯의 평범한 여인이에요. 그녀의 딸은 돈을 받는 것을 바라지 않았어요, 그녀의 딸이 말했어요, '엄마가 여행을 하게 되면 그것 때문에 병이 나서 엄마를 입원시켜야 해요, 병원비는 가져오신 삼천 달러보다 항상 더 많이 들고요, 돈을 다시 가져가세요.' — 나는 그 여인과 단 둘이 남게 되었어요. 그녀가 말했어요, '당신은 무언가를 감추고 있어요.' 나는 그녀에게 물었어요, '무엇을요? — 당신에게 천부적인 재능이 있다는 것을 감추고 있어요. 볼 수 있는 재능이요.' 그 여인은 물이 담긴 그릇을 가져와 나에게 내밀고 물어봤어요, '그 안에 뭔가 보이죠?' 나는 신경질이 났어요, 나는 그녀에게 대답했어요, '네, 물론이죠, 여기 비친 끔찍한 꽃들이 보여요.' 그녀는 꽃들을 꺼냈어요, 물속에는 더 이상 아무것도 보이는 게 없었어요. '이제, 뭐가 보여요?' 그녀가 물었어요, '집중하세요.' 나는 말했어요, '무언가 어둡고, 갇혀 있는 게 보여요, 동굴 같아요…' 그녀를 시험해보려고 거짓말을 한 거예요, 그때 물속에서 본 것은 물밖에 없었어요. '좀 더 잘 보세요', 그녀가 계속 말했어요, '그것은 동굴이 아니에요, 다른 것이에요, 당신은 보게 될 거예요…' 나는 다시 물을 들여다봤어요, 머리가 빙글빙글 돌며 어지러웠어요, 그리고 나는 배 하나를, 뱃고물을, 배의 불룩한 부분을, 화물창 같은 것을 봤어요, 나는 그 화물창의 바닥을, 그 모퉁이들을 봤지만 좀 더 윗부분은 볼 수 없었어요… 그 여인은 양초 세 개에 불을 붙였고 함께 기도하자고 나에게 요구했어요. 우리는 아르메니아어로 기도했어요, 그 기도문들은 아주 오래전부터 낭송하지 않았어요, 하지만 어린 시절에 외웠기 때문에 잘 알고 있었어요. 그녀는 종이를 열두 조각으로 작게 나누기 시작했고, 알아보기 어려운 무언가를 적었어요. 그녀는 그중에 조각 세 개를 집어서 촛불에 태워버렸어요. '불.' 그녀가 말했어요. '대지를 위해서, 다른 세 조각을 묻을 거예요. 물을 위해서는 넓은 바다에 다른 세 조각을 빠뜨릴 겁니다. 그리고 남은 세 조각은, 공기를 위해서, 글쎄…' 그리고 그녀는 웃음을 터뜨렸어요. 그런데 그때, 나는 물속에서 한 남자를 보았어요, 나의 오빠는 아니었어요, 그 사람은 거친 모직물의 승복을 입은 남자였어요, 그 배의 화물창에 있었어요. 나는 정말로 그를 보았어요, 그래도 그 사람에 대해서는 말하지 않았어요, 그런데 그녀는 그에게 욕설을 퍼붓기 시작했어요, 그녀가 그에게 말했어요, '아,

이제 네가 승려로 변장을 하는 것이군!' 나는 그녀가 악마에게 말하는 것이라고 생각했어요."

야니는 약속 시간에 공항에 나오지 않았다. 그는 밤에 전화해 약속을 취소하지도 않았다, 전화선은 분명 연결되어 있었다. 나는 겨울철 유일한 직항인 아침 7시 비행기를 타기 위해 새벽 4시에 일어났다. 비행기는 날개도 프로펠러도 없는 풍차들이 즐비한 평야에 착륙했는데, 풍차에 남은 것은 다 부서져 해체될 때까지 꼼짝하지 못하는 뼈대뿐, 그 모습이 마치 선사시대의 비둘기 해골들 같았다. 코르푸, 아침 9시 30분, 흐리고 추운 날씨였다. 절대로 기다려서는 안 된다고 생각했으므로 나는 기다리지 않았다. 나는 전화를 하는 것도 망설였다, 그들은 집에서 아직 자고 있는 것이 분명했다, 그래서 야니는 오지 않은 것이다. 나는 택시에 올라타서 나이 많은 온화한 운전기사에게 바보 같은 이탈리아어로 알아들을 수 없게 말했다, 분명히 그는 나의 프랑스어를 이해했을 텐데 말이다. 나는 야니의 설명을 기억해내려고 노력했다, 즉 바다까지, 아지오스 페트로스로 향하는 길에, 왼쪽으로, 마을에 도착하기 2킬로미터 전, 전쟁 중에는 비행기 위치 포착용으로 사용되었던 오벨리스크 형태의 시멘트 비둘기 집. 그것을 보자마자 나는 멈추라고 운전기사에게 소리쳤다. 우리는 커브길을 돌던 중이었다, 후진해야 했다. 나는 인터폰을 눌렀다, 나는 게르투르드의 목소리를 알아들었다. 나는 그녀를 만난 적이 없었지만, 파리에서, 코르푸에서, 우리는 여러 번 전화로 말했었다. 전날, 파리에서 나는 레나의 상점 주변을 어슬렁거렸었는데, 주머니 속에는 폴라로이드 사진이 하나 들어 있었다. 화가 P. F.가 인물화를 그리려고 빨간 모자를 쓴 내 모습을 촬영한 것이었다. 하지만 나는 결국 로스엔젤레스로 보낼 수 있도록 레나에게 사진을 맡기려고 했던 것을 포기했고, 그날 레나를 다시 보려고 했던 것도 그만두었다. 지난번, 우리의 열띤 토론이 있었던 때, 나는 갑자기 속에서 창백한 기운 같은 것이 올라오는 것을 느꼈었다. 이마에 방울방울 맺힌 식은땀을 집게손가락으로 닦으며 긴 흔적을 남기는 사람처럼 나는 레나 앞에서 단정치 못한 모습을 보였었다. 게르투르드는 흰 목욕 가운을 입고 손에는 커피 잔을 든 채 나를 맞이했다. 그녀는 아름다웠다. 여성혐오자인 안나가 나에게 묘사한 것처럼 네덜란드 스튜어디스와 영국 여성 모델이 혼합된 모습이 전혀 아니었다. 검은 개 한 마리가 게르투르드 옆에, 그녀의 맨다리 사이에 있었다. 야니가 아직 자고 있는지, 나는 그녀에게 물었다. 그녀는 난처한 표정으로 대답했다. "아니요, 자고 있는 게 아니에요, 그는 여기 없어요, 우리는 이틀 전부터 그를 기다리고 있어요." 나는 그가 그녀에게 전화했었는지 물어보았다. "아니요, 그녀는 한층 더 난처해진 표정으로 말했다. 어쨌든, 그가 전화를 하려고 했다 해도, 그랬다면 몹시 놀랄 일이었겠지만, 어려웠을 거예요, 왜냐하면 여기가 소위 '어둠의 삼각지대'라고 불리는 곳이니까요. 이 커다란 두 개의 산 사이에서 전화 통신, 팩스, 텔렉스가 아주 힘겹게 이루어지고 있어요." 나는 출발 전날까지 친구들에게 말했었다. "떠날지 확실하지 않아. 야니는 새벽 2시에 전화해서 '지금 내가 이스탄불에서 꼼짝할 수가 없어. 우리 만남을 다음 주로 연기할 수 있을까?'라고 말할 수 있는 사람이니까." 나는 그가 지나치게 큰 아편 조각을 단숨에 흡입해서 '페라 팰리스'의 어느 방에 쓰러져 있다고, 48시간 전부터 깨지 않고 계속 잠들어 있을 거라고 상상했다. 게르투르드는 내가 사용할 방을 보여주었다. 방은 냉골이었고 음산했다. 한편에서는 다른 방향에서 새로운 전화선을 연결하려고 노력하는 중이었다. 굴착기가 내 창문 앞에 있었고, 인부들은 전화선을 이으려고 내 방 안에 물이 흘러들 수도 있는 구멍을 파놓았다. 굴착기의 진동으로 천장의 칠이 떨어지고 있었고, 가구와 테이블과 쌓아놓은 책들은 비늘처럼 작은 페인트 조각들로 하얗게 뒤덮여 있었다. 바깥에는 비가 내리기 시작했고, 창문 앞 빗물받이 홈통에서는 사유지 영토 출입로의 경사를 따라 규칙적으로 흘러가는 물도랑 소리가 들렸다. 게르투르드는 이곳이 사냥 쉼터였다고 말했다. 그녀는 나의 실망을 감지한 것이 분명했다. 그녀가 말했다. "야니가 떠나기 전에 한 가지 말한 게 있어요. 아틀리에 열쇠를 당신에게 주라는 것이었어요. 그건, 당신이 아무 때나 그곳에 갈 수 있다는 거예요." 나는 여행으로 몹시 지쳐 있었다. 그러나 야니가 파리에서 슬라이드로 보여준 새로운 시리즈의 그림들을 당장 보고 싶었던 나는 곧장 그곳으로 갔다. 비 때문에 자물쇠가 잘 열리지 않았다. 나는 이 세상에서 문을 여는 일에 가장 재주가 없는 사람이다. 그렇지만 아틀리에 안으로 들어가고 싶어 몹시 안달이 났기 때문에 어려움을 극복하고 자물쇠를 여는 데 성공했다. 나는 새로운 그림들이 흉측하다고 생각했다. 야니가 나를 저버렸다고 생각했기 때문인가, 그래서 내가 그를 원망했기 때문인가? 나는 아틀리에 안을 이리저리 서성였다. 나는 야니를 사랑했다. 그것은 에로틱한 끌림이 아니었다. 나는 나의 작업 능력보다 훨씬 더 뛰어나 보이는 그의 작업 능력과도 연결된, 자신에 대한 그의 집착에 매료되었다. 그것은 극단적인 사례였다. 자기의 일을 해치우는 사람, 자기에게 미친 사람, 자기의 작업을 위해 자신을 괴롭히는 이 천재 같은 호인을 통해서, 나는 나 자신을 관찰했다. 나는 물리적으로도 매료되었는데, 내가 본 여러 카탈로그에 수록된 그의 그림들은 물론이고, 그림들을 그려낸 작업의 힘과 거기서부터 가능한 최대의 돈을 뽑아내는, 산더미만큼의 돈을 뽑아내는 그의 재능에 매료되었다. 야니는 인기 있는 '신진 화가'였다. — 이런 종류의 표현에는 많은 따옴표가 필요하다 — 내가 병들고 십중팔구는 불치 선고를 받은 것이라 해도 나 역시 유행하는 '신진 작가'라 할 수 있을 것이다. 나는 야니만큼 부자는 아니었다. 나는 센트럴파크에 아파트를 가지고 있지 않았고, 마레 지역에 800제곱미터 크기의 아틀리에와 사냥 쉼터도 소유하고 있지 않았다. 나에게는 비서 역할을 겸해주는 부인도 없었고, 내 사업을 담당하는 형도 없었으며, 나에게 속한 농노들도 없었고, 나를 도와 작품 구상이나 초안을 준비하고 나는 거기에 서술적인 몇몇 세부사항을 덧붙이기만 하면 되는, 그런 역할을 해줄 수 있는 보조 작가도 없었으며, 관광으로 훼손된 이 섬에 다시 번식시키려고 애쓰는 희귀 동물들, 즉 야생 당나귀, 공작새, 흑돼지도 없었다. 몇 개의 가짜 그림들을 제외하면, 실제로, 나는 아무것도 소유하지 않았다. 심지어 나는 나의 목조차도 전체를 가지고 있는 것이 아니었다. 예전에는 외양간이었던 아틀리에 안으로 산이 들어왔다, 나는 시에라네바다 산맥을 상상했다. 이 끔찍하고 보잘것없는 그림들을 보지 않은 채 아틀리에 안에서 서성이면서, 이리저리 돌아다니면서, 마치 사진을 찍는 것처럼 나는 야니의 작업 도구들을 면밀히 살펴보았다, 그의 색분필들, 그가 사용하는 가루 같은 파스텔 크레용들, 그의 물감 통들, 그는 보통 여섯 시간에서 아홉 시간 동안 쉬지 않고 작업을 하는데 (반면에 나는 연속해서 두 시간밖에 작업을 하지 못한다) 피로를 풀고 휴식을 위해 사용하는 샌드백, 케케묵은 붓 뭉치들, 쇼스타코비치의 음악이나 랩이 담긴 카세트들, 그의 크로키들과 함께 벽에 핀으로 꽂혀 있는 여러 이미지들과 신문에서 오린 것들, 그가 폴록식 몸짓이라고 했으나, 배치를 보면 그 위에서 그림을 그렸으리라 여겨지는 긴 의자를 보았다. 야니는 거짓말쟁이였다. 그는 농부의 아들이라고 주장했지만 은행가의 아들이었다. 아틀리에 문은 각별히 신경을 써서 잘 잠그고 밖으로 나왔다. 나는 배가 고팠다. 부엌에 들어가 냉장고에서 요구르트를 꺼낸다고 생각하고는 냉동고 문을 열었다, 그곳에는 털이 빠진 거대한, 뿔닭이라고 하기에는 너무 큰, 게다가 비엔나와 뮌헨에서 먹었던 거위나 칠면조보다도 더 크게 보이는, 가금류의 이상한 몸체가 놓여 있었다. 핏물로 얼룩진 비닐봉지에 내비치는, 노란빛의 얼음처럼 딱딱한, 비죽비죽 늘어선 살코기에서, 나는 에메랄드 빛깔의 가느다란 깃가지를 눈여겨보았다. 집에는 나 혼자 있었기 때문에 아무 소리도 들리지 않았다. 다른 사람들이 마을로 내려갈 수는 없는 노릇이었다, 자동차는 고장이 나 있었다. 나는 요구르트를 먹고, 얼음장인 방에서, 게르투르드가 침대 위에 펼쳐놓은 끈적끈적한 두꺼운 이불을 덮고 몸을 움츠렸다, 거기서 오후 내내 잠을 잤다, 깊이 잠들었다, 그러는 동안 창문에는 빗방울이 격렬하게 떨어졌으며, 분비물을 빨아먹기 위해 들러붙은 날벌레들의 흡관이 불쾌하게 피부를 따끔거리게 했고, 콧구멍 속으로 날아들었으며, 짝짓기를 하면서 귓속에서 윙윙거렸고, 내 젖은 각막의 눈물을 빨아들일 셈인지 눈꺼풀 사이로 침투하려고 했다.

집에는 게르투르드와 나, 둘만 있는 것이 아니었다. 도곤 지역의 화가 샘도 있었는데, 야니는 그와 함께 말리 여행을 준비했었다, 그리고 샘의 여자 친구, 프랑스인 바베트. 그들은 오후 서너 시경에 일어났다. 샘이 웃으며 말하기를, 야니의 아틀리에를 차지하기 위해서는 만물의 정기精氣가 밤과 함께 내려오기를 기다려야 한다고 했다, 한편 야니는 샘에게 복층의 한 모퉁이를 깨끗하게 청소하게 했으나, 대량생산된 상품처럼 모두 동일한, 크기도 큰 그의 상스러운 그림들이 사방에 쌓여 있게 되었다. 샘의 파스텔 화는 화랑에서 이만오천 프랑이고, 야니의 그림은 칠만오천 프랑이다. 부엌에 불을 지펴놓고 커피를 마시며 텔레비전을 보는 것 말고는 다른 할 일이 없었으므로, 바베트와 이야기를 조금 나눌 수 있었다. 그녀는 야니가 위작 문제 때문에, 형용하기 힘든 불안한 상태에서, 괴롭고 피폐한 모습으로 (이것이 그녀가 사용한 어휘다) 떠났다고 털어놓았다. "무엇 때문에 괴롭고 피폐했어요?" 내가 물었다. "왜냐하면", 그녀가 속삭였다, "발견된 서른 점의 위작들이 사실은, 완벽한 걸작인 것 같아서요, 그동안 야니가 그 위작들을 완전히 혐오스러운 것으로 취급하면서 말했던 것과는 다르게요…"

매일 저녁, 야니를 만나기 위해 사람들이 집으로 찾아왔다, 그와 함께 책을 준비하는 편집자, 야니의 그림을 토대로 텍스트를 쓴 시인, 또 다른 그리스 작가, 야니의 새 그림들이 쾰른에서 전시되기 전에 아틀리에에서 직접 하나를 선택하고 싶어 하던 국무총리의 부인, 그중에는 대중음악 스타도 있었다. 게르투르드는 난처한 표정으로 야니가 돌아오지 않았다고 했고, 그는 아마도 아주 서둘러서 아프리카로 떠날 거라고 했다. "그로큰롤 가수는", 게르투르드가 말했다, "나를 신경질 나게 해요. 그는 전자 오르간을 가지고 와서 일주일을 머물렀어요. 아주 진력이 났어요. 그는 야니에게 줄 선물로 근육 강화 운동 기구를 가져왔어요, 완전히 터질 듯 부풀어 오른 거대한 팔을 야니에게 보여주면서 말했어요, '이것 좀 봐, 헤로인에서 나를 꺼내준 건 근육 강화 운동이야, 너도 똑같이 해야 할 거야, 그러면 여자들에게 더 많은 인기를 얻게 될 거야.' 야니는 '어떤 식으로든 너랑 비슷하게 되느니 차라리 마약에 빠져 파멸하는 게 낫겠어'라고 했어요." 좋은 적포도주를 몇 잔 마신 다음에, — 야니였다면 "그런데 82년산이 아닌 것 같아"라고 말했을 것이다, "왜냐하면, 82년은", 게르투르드가 반복해서 말했다, "포도주에 관해서는 최고의 해거든요, 온 세기에 걸쳐 한 번밖에 없는 연도예요." — 아무 장식이 없는 커다란 타원형의 식당에서, 깜박거리는 빨간 불로 감시되고 있는 야니의 그림 앞에서, 우리는 모두 함께 저녁을 먹었다, 우리는 중앙의 인물이 부재하는 일종의 최후의 만찬 장면을 구성하면서 야니의 그림을 경배하는 것처럼 보였다. 게르투르드는 손님들 앞에서 야니에 대해 말할 때 '스승'이라고 하거나 '지도자'라고 했다. 그녀가 말했다. "어쨌든 나는 한 가지 이유 때문에는 그가 여기 없다는 사실에 만족하고 있어요. 드디어 높은 굽의 신발을 신을 수 있거든요. 그가 있을 때면, 침대에서나 앉아 있을 때를 빼고는, 그렇게 하지 못하게 해요. 야니가 그 정도로 작거든요." 샘이 웃으면서, 손가락을 데일 것 같다며 가금류 고기를 가져왔다. 나는 그게 무엇인지 물었다. 샘은 한층 격렬하게 웃으며 외쳤다. "칠면조인가요?" 내가 앞서 물었고. — "그래요, 바로 그거요, 칠면조, 이 고장의 칠면조", 샘이 자기 엉덩이를 두드리며 말했다. 살코기는 향이 났고 가죽처럼 질겼고 소정맥이 에메랄드 빛 줄무늬를 그리고 있었다. 모든 사람들이 나를 웃음거리로 만들고 즐거워하는 것 같았다. 나는 추운 방으로, 악취를 풍기는 이불 밑에 몸을 웅크리고 자려고 갔다. 욕실 또한 너무 추워서 따뜻한 목욕으로 몸을 녹일 수조차 없었다. 야니가 나를 이렇게 대하다니 도대체 내가 그에게 무슨 짓을 했기에? 조직검사 후에, 그가 말했었다. "결핵으로 판명되면 코르푸로 와, 산이 있어서 건강에 정말 좋으니까." 나는 이불 밑에서 축축한 습기가 엄습하는 것을 느끼며 내가 그 망할 수상쩍은 결핵에 걸린다면 야니 때문이라고 생각했다. 새벽 3시에, 더 이상 견디지 못하고, 과도할 정도로 난방이 잘 되는 서재로 가려고 일어났다. 거기에는 독서용 소파가 있었는데, 생쥐 그림이 날염된 직물로 덮여 있었고, 정확하게 동일한 두 번째 서재로 올라가는 나선형 계단에 기대어 있었다. 접이식 야전 침대인 것 같았다. 나는 그것을 다다미 위로 미끄러뜨리면서 수평으로 배치했다. 그런데 거기에 누우려고 했을 때 그 절반의 일부가 무너져 내렸고 푹 꺼져버린 침대에서 나는 균형을 잃게 되었다. 몸을 다시 일으켜 세우는 것도 어려웠다. 팔과 다리와 손가락에 충분한 힘이 없었다. 아예 바닥으로 떨어진 다음 책꽂이 선반처럼 붙잡을 것이 있는 곳으로 기어가는 게 나을 것이었다. 그러면 책들을 쓰러뜨릴 위험을 무릅쓰고서라도 선반을 붙잡고 몸을 일으켜볼 수도 있을 것이었다. 게르트루드에게 도움을 요청해야 하나? 그녀는 방금 잠자리에 들었고, 나는 그녀가 소등하기를 기다렸다가 살그머니 서재로 나온 것이었다. 등껍질이 아래로 뒤집힌 풍뎅이 같았던 나는 두 동강난 침대 위로 기어 올라가면서 서재의 둥근 지붕이 머리 위에서 빙빙 도는 것을 보았다. 중앙에서부터 점점 더 작고 오래된 돌들로 이루어진 이 둥근 건축물에서 나는 야니의 그림에 나타나는 잠자리와 파리의 선회들, 달이나 해저의 분화구들, 원형 경기장 한가운데서 뒤집힌 그의 상향 촬영 형상을 다시 보았다. 야니가 지나치게 많은 독서나 지나치게 많은 아편을 한 후에 서재 소파에 누워서 본 것을 나는 다시 보았다. 현기증이 일어나는 가운데 다른 것과 겹쳐 지각되는 야니의 그림의 기원을 나는 보았다. 그리고 내가 왜 그토록 야니를 좋아하는지 알게 되었다.

나는 비정상적으로 엉뚱한 불협화음을 내는 트럼펫 소

리에, 도와달라고 울부짖는 소리에 잠에서 깼다. 나는 아틀리에 앞 평지로 나갔다. 검은 개가 공작새를 붙잡아 물고 있었고, 공작새는 안개경보 고동이나 조난을 알리는 불꽃 신호 같은 소리를 내면서 발버둥치고 있었다, 검은 개는 공작새의 복부를 뜯어먹고 있었는데, 진홍색으로 반짝이는 푸르스름한 창자들이 쏟아져 나와 있었다. 나는 게르투르드에게 구원을 요청했다. 그녀가 말했다, "이런 못된 짐승 같으니! 불행을 자초한 거야! 항상 집 주위를 어슬렁거리며 끔찍한 소리를 질러대더니, 이것들의 자리는 사육장이야, 뿔닭이랑 칠면조랑 같이 있어야 하는 거야." 게르투르드가 덧붙여 말했다, "식욕을 돋우는 광경도 아니니 여기서 놀라지 말고 나랑 돼지 여물통을 채우러 가는 게 나을 거예요, 아주 어린 새끼들이 있어요, 굉장히 귀여워요." 돼지우리에는 잿빛 딱딱한 껍질이 눌어붙은 검은 돼지들이 악취를 따라 모여든 파리 떼의 장막으로 덮여 있었다. 검은 돼지들은 그 윙윙거리는 장막과 함께, 진흙 속 구더기들과 뿌리들, 그들의 똥, 소변에 젖은 딱딱한 덩어리들을 먹고 있었다. 위생 문제에 신중해야 했으므로 우리는 파리들이 돼지 피를 빨아먹고 속을 채우다가 죽기를 기다렸다. 파리들은 추위로 죽었다. 나는 야니의 집에서 "파리 떼처럼 무더기로 죽어 쓰러지다"라는 표현의 구체적인 예시를 보았다. 타일 바닥을 뒤덮은 죽은 파리 떼의 카펫에 합류하기 위해 파리들은 수직으로 낙하했다, 그러면 가정부가 와서 청소기로 그것들을 치워버렸다. 그렇지만 파리들이 살아 있는 동안에는 여전히 미친 것들처럼 계속 어지럽게 움직이면서 돼지 즙과 당나귀 똥과 내 귀에서 나오는 귀지와 눈꺼풀 가장자리에 붙어있는 부패한 림프액에 열광했다. 우리가 산책에서 돌아왔을 때 배가 쫙 갈라진 공작새는 더 이상 움직이지 않았다. 죽은 공작새는 더 이상 검은 개를 자극하지 않았다. 게르투르드는 마치 공작새가 벼룩으로 뒤덮여 있는 것처럼, 손가락 끝으로, 공작새의 기다란 깃 하나를 잡아서, 끓는 물이 담긴 통 속으로 푹 가라앉게 한 다음, 털을 뽑고, 내장을 비우고, 다른 것들과 함께 냉동고에 집어넣었다.

검은 개, 네그라는 암컷이었다. 암캐는 한 살밖에 되지 않았고, 사냥개였다, 암캐는 산토끼, 쥐, 풍뎅이, 염주비둘기 등, 자기의 행동 범위 내에서 움직이는 모든 것을 죽였다. 암캐는 암탉의 목을 따 죽였다, 암캐는 갓 태어난 당나귀 새끼를 공격했다, 샘은 공포에 떨면서 암캐의 이빨에 물린 축축한 어린 양을 꺼내야 했고, 손 쓸 수 없이 다친 어린 양을 계곡에 던져야 했다. 그 암캐가 나에게는 더할 나위 없이 감미로운 것이었다. 나는 네그라가 가장 좋아하는 동반자였다, 가족 중에서 가장 일찍 일어나 밤의 고독으로부터 네그라를 해방시켜주는 사람이 바로 나였다, 네그라는 집 안으로 들어올 수 없었다, 그 암캐는 빵 굽는 화덕에서 잠을 잤고 개집을 무시했다. 나는 네그라처럼 영지 안에서 나의 자리를 차지했고 나만의 습관을 가지게 되었다. 아침에는 집을 따라 길게 이어진 갈색의 젖은 돌난간 위에서, 폭풍우의 잿빛 구름과 바다를 바라보며 있었다. 햇빛이 빛나기 시작할 때면, 네그라는 나의 발치에 길게 누웠고 등을 땅에 대고 몸을 돌려 젖꼭지를 문지르게 했다. 오후의 끝자락이면 나는 주인이 없는 아틀리에 앞에 앉아 있었다. 침묵하는 높은 산들과 빛의 부재로 아무 표시도 보이지 않는 해시계탑과 당나귀들이 꽃을 뜯어 먹는 캐롭나무 숲 사이로 이리저리 시선이 닿는 대로 몽상에 잠겼다. 나는 거기서, 불시에 무엇이든 나타나기를, 일어나지 않는 무엇인가를 몇 시간이고 기다렸다. 그것은 지루함이 아니었다. 산의 정기를 지닌 무엇인가를 받아내듯이 산들을 향해 심호흡을 했다. 나는 행복했다. 나는 서둘러 부엌으로 가서 포도주 첫 잔을 들었다. 해 질 무렵 샘은 자신의 자리를 차지하려고 아틀리에로 들이닥쳤다. 신령스러운 기운들이 마침내 산에서 내려왔다고, 하루 종일 잠을 자고 났으니 이제 작업을 시작할 때라고 말했다. 일요일 저녁, 난간에 앉아 있는 나를 보면서 샘이 소리쳤다. "우리의 친구가 올 거예요. 느껴져요. 그가 오늘 저녁에 도착할 거예요. 그에게 골치 아픈 일이 있었을 거예요. 무슨 일이 있었는지는 모르지만, 그가 오늘 저녁에 들이닥칠 거라는 것은 알아요."

매일 밤, 새벽 서너 시까지 샘과 바베트와 게르투르드는 거실에서 담소를 나눴다. 그들은 '스승'의 아프리카 여행을 준비했다. 나도 마찬가지였다, 서재에서, 희미한 빛 속에서 나는 나를 비춰주던 빛나는 지구본의 위치를 바꿔놓았다. 첫날 밤에는 오스트레일리아가 보였지만, 침대에서 보면 아프리카 대륙이 시야에 들어오도록, 그리고 그것이 내가 잠들 때 가까이 있을 수 있도록 지구본을 돌려놓았다. 웃음소리와 말소리가 거실에서부터 나에게까지 들렸다, 마치 아이가 잠결에 듣는 부모의 목소리 같았다. 이따금 파인애플이나 카누 같은 말들이 들렸다. 아침에 거실 테이블 위에 아무렇게나 버려진 아편 조각들이 보였는데, 그것들은 내가 서재에서 꺼내온 새털구름 습작들, 컨스터블의 크로키 책들, 두꺼운 마분지 위에 그린 폭풍우 구아슈들 위에 흩어져 있었다. 아침에 나는 할퀸 상처로 뒤덮인 나의 몸을, 특히 뺨과 목에 가득한 상처를 보았다. 그것이 어디에서 어떻게 생긴 것인지 알 수 없었다. 밤사이 할퀴는 것 같은 느낌은 전혀 없었다. 게르투르드 팔에도 같은 상처가 나 있었다, 네그라가 장난치면서 우리를 할퀸 것은 아닐까? 아니면 내가 무의식중에 피가 날 때까지 나 자신을 할퀸 것인가? 나는 지나칠 정도로 난방이 잘된 서재에서, 여행에 필요한 장비와 식량과 약품 목록, 캔버스 두루마리, 유약, 탄성 복합 재료, 향유들, 물감들, 아테네에 주문해야 했던 붓들까지, 아프리카를 연상시키는 단어들을 엿들으면서, 생쥐 그림이 날염된 이불 속에서 잤다. 그동안 서재의 둥근 선반들은 지구본의 아프리카를 둘러싸고 있는 푸른 하늘빛 조명을 환하게 받는 나에게 이따금 책에 적힌 작가의 이름을 드러내 보이며 그 작가의 세계를 전부 상기시키고 우애 있는 세계를 분출하면서 내 주위를 빙빙 돌았다. 죽은 작가들이 내 주위에서 원무를 추면서, 내 손을 잡아 친절히 이끌며 사라반드 춤을 추었고, 내가 애지중지하는 유령들의 소용돌이를 일으켰다. 체호프, 레스코프, 바벨, 불가코프, 도스토예프스키, 소세키, 타니자키, 슈티프터, 괴테, 무질, 카프카, 웅가르, 발저, 베른하드, 플로베르, 함순…

암캐는 내 옆의 작은 벽 위로 껑충 올라갔다. 집 안 식구들은 잠들어 있고, 우리만 홀로 남아 있다. 암캐는 단번에 혀로 내 얼굴을 삼켜버릴 태세로 애무를 하려고 한다. 나는 내 입술에 침을 묻히지 않으려고 고개를 돌린다. 암캐는 실망해서 내 목을 샅샅이 뒤지며 핥고 살짝 깨물고 천천히 조금씩 빤다. 벼룩이 있는 자기 몸에 하던 모습 그대로다. 암캐는 내 등으로 지나가더니 오른쪽 옆구리 쪽으로 가서 같은 향기가 나는지 살핀다. 아니다. 향이 덜 좋다. 암캐는 왼쪽 옆구리 쪽으로 돌아와 다시 샅샅이 뒤지고, 다시 핥고 깨물고 다시 천천히 빨며 조금씩 빨아들인다. 그것은 아주 따뜻하고 시큼하다. 처음에 나는 무슨 일이 일어나는지 알아차리지 못한다. 게다가 모든 일이 아주 빠르게 일어난다, 나는 암캐의 혀가 내 목구멍 속으로 들어갔다는 느낌을 받는다, 나는 암캐를 향해 몸을 돌린다, 나는 암캐가 무엇인가 붉은 것을 입에 넣고 우물거리고 있는 것을 알아본다, 검은 암캐는 나의 상처를 다시 열고 나의 림프액을 먹는다.

화요일에서 수요일로 넘어가는 밤중에, 출발 전날 밤에, 서재의 야전 침대에서 나는 화장실에 가려고 일어났다, 다른 사람들은 여전히 거실에서 이야기를 나누고 있었다, 거실을 가로질러 욕실로 가는 동안에 알몸으로 그들을 놀라게 하지 않으려면 옷을 입어야 했다. 내가 심령술의 영매처럼 손을 뻗고 몽유병 환자처럼 행동할지 모를 일이었다, 그러면 그들은 지난번처럼 너무 낮은 문에 머리를 부딪치지 말라고 할 것이다. 지구본의 아프리카 대륙으로만 불을 밝힌 어슴푸레한 서재에서 옷을 주워 입으면서 나는 책 선반 아래쪽에서 움직이지 않는 어떤 동물을 본 것 같았다. 긴 꼬리를 가진 무엇인가를, 쥐를. 어쩌면 환각일지 모르고, 어쩌면 책장에서 떨어진 물건을 쥐로 착각하는 것인지도 모른다, 확인해야만 했다. 그것이 쥐라면, 대단히 큰 편이었고, 이상할 만큼 움직이지 않았다. 그렇다, 그것은 의심의 여지없이 쥐였다, 내 옆에서 몸을 따뜻하게 하고 자려고 서재 안으로 온 것이었다. 밤사이 나를 할퀸 것이 어쩌면 그것일지 모른다, 쥐의 유기물질, 특히 그 침

액은 자는 동안 물린 상처를 전혀 인지하지 못할 만큼 강력한 진통제 역할을 한다고들 했다. 나는 소리를 질렀다. "게르투르드! 서재 안에 쥐가 있는 것 같아요!" 나 때문에 일어난 야단법석이 점점 가까이 다가왔다. 쥐는 움직이지 않았다. 바베트가 말했다. "무거운 걸로 때려눕혀야 해요!" 갑자기 샘이 서재 안으로 들어오면서 말했다. "아파 보여요. 독약을 먹은 게 틀림없어요." 아파 보인다는 말에, 몽둥이로 때려죽이는, 죽어가는 병자의 이미지가 떠올라서, 나는 곧바로 쥐와 나를 동일시했다. 나는 아이처럼 울부짖었다. "안 돼요, 부탁해요, 죽이지 말아요! 그 쥐를 살려줘요!" 게르투르드는 스웨터 안에 아무것도 입고 있지 않았지만, 곧바로 스웨터를 벗어던져 그것을 덮어버렸고, 그 질식 통에 갇힌 쥐가 맹렬하게 펄쩍펄쩍 날뛰자 게르투르드는 그것을 바깥에 던져버리러 갔다. 그때까지 디기탈린은 검은색 작은 배낭 깊숙이 티셔츠 밑에 숨겨둔 그대로 있었다. 게르투르드가 돌아와 말했다. "계속 거기서 잘 수 있겠어요? 겁나지 않아요?" 나는 그녀에게 쥐를 몹시 좋아한다고 말했고, 쥐들도 나와 같아 서로 만족스럽다고 했다. 소변을 보고 나서, 옷을 다시 벗고, 야전 침대에 누웠다. 이번에는 화집에 적힌 화가의 이름들이 나를 둘러싸더니 화가들이 내 주위를 돌며 사라반드 춤을 추었다. 마네, 마티스, 피카소, 발튀스, 고야, 미로, 발튀스, 발튀스, 발튀스…

나는 베이컨을 쫓아다닌 것처럼 발튀스 역시 집요하게 뒤쫓았는데, 이쪽이 좀 더 성공적이었다. 아마도 30년대에서 50년대의 몇몇 그림들에 대해 느끼는 감정을 제외하면 (아그넬리가 취득한 그 유명한 〈방〉) 내가 그의 동료인 아일랜드 화가보다 발튀스를 훨씬 덜 좋아했기 때문인지 모른다. 그것은 가장 괴상망측하고 가장 기만적인 핑계를 골라 그의 삶 속으로 슬그머니 들어가보려는 나의 시도를 훨씬 수월하게 해주었다. 반면에 난폭하고 상스러운 사람들만 좋아하는 베이컨을 만날 때면 나는 어린 소녀처럼 얼굴을 붉히고 말을 더듬으면서 그를 완전히 질리게 만들었다. 발레리노 누레예프에게 인터뷰를 할 수 있는지 물었을 때 나는 열여덟 살이었다. 그는 곧바로, 사랑에 관해 단도직입적인지 나에게 물었다. 나는 분명히 그랬다. 그러나 나는 반대로 말했다. 인터뷰는 한 번도 이루어지지 않았다. 1983년 또는 1984년 9월이라고 추정되는 어느 날, 국제적으로 유명한 〈르몽드〉에서 9년 동안 충실하고 유능하게 일하고도 쫓겨나기 바로 직전이었는데, 문화부장이었던 이본 바비가, 그녀 역시 머지않아 쫓겨나게 되었지만, 기막히게 멋진 이본 바비가 베니스 국제 영화 페스티벌에서 그해 심사위원회를 구성했던 유명 인사들을 추적해보라고 나를 페스티벌 특별 근무 부서로 보냈다. 안토니오니, 배우 얼랜드 조셉슨, 화니 아르당, 또 누가 더 있었는지 잘 모르겠지만, 어쨌든 발튀스도 심사위원회에 속했다. 사람들 모두 화가의 참석에

놀랐다. 그토록 이목이 쏠리고 공개적인 행사에 참여하는 발튀스 사진은 50년 동안 그 누구도 찍어보지 못한 것이었다. 사람들은 그가 죽었다고 생각했다. 어떤 사람들은 그가 백 살이라고 했다. 그는 자신의 뜻과 상관없이 이미 살아 있는 전설이었다. 경쟁 부문 영화들이 상영되었던 리도와 다니엘리 호텔을 연결하는 호화 쾌속선의 갑판 위에서 물보라를 향해 고개를 들고 있는, 독수리의 옆얼굴 같은, 선글라스를 쓴 살아 있는 그 사람이 그 자리에 있었다. 전화 통화에서 그의 부인은 일본식 고상하고 예의 바른 태도로 나의 요구를 거절했었다. 그의 열 살짜리 딸은 내 면전에서 비웃었다. 그리고 가정부는 더 이상 전화하지 말라고 간청했었다. 나는 어렵지 않게 악착같은 파파라치로 변했다. 나에게 가장 까다로운, 따라서 가장 흥미를 돋우는 대상은 발튀스였다. 가까스로 뛰어올라간 선외 발동기 보트 뒤쪽에서 나는 그에게 접근했다. 그는 선글라스를 벗지 않고, 심지어 시선조차 주지 않은 채, 인터뷰는 야만적인 행위라고, 그가 세상에서 제일 싫어하는 것이라고 말했다. 그리고 그는 짜증이 잔뜩 섞인 날카로운 목기침을 했는데, 그러느라 "안녕히 가시오, 선생"이라는 인사를 하지 않아도 되었다. 나는 여러 번 다시 시도했다. (나는 스물다섯 살이었을 것이다.) 마침내 그는 폭발했고, 나에게 욕설을 퍼부었으며, 격렬한 말벌 떼에 휩싸인 것처럼 몸부림치면서 나를 쫓아냈다. 전 장관이자 이제는 상원 의원장인 에드가 포르 역시 심사위원회에 속한 위원이었다. 나는 하루 한 명씩 인터뷰하는 속도로, 다른 심사위원들과 마찬가지로 엑셀시오르 호텔 살롱에서 그를 인터뷰했다. 에드가 포르는 발튀스와 완전히 반대였다. 그는 공식적으로 등장하고 성명을 발표하는 일에 의기양양하는 인물이었던 것이다. 만약 내가 그와 인터뷰할 생각이 없었다면 그의 언론 담당관은 내가 굴복할 때까지 들들 볶았을 것이다. 사실, 에드가 포르는 재치 있는 일화들을 아주 좋아하는 상냥한 사람이었다. 그가 나에게 일화들 중 하나를 이야기하던 중이었는데, 그때, 선글라스를 낀 바로 그 거장이 나무 게다를 신고 종종 걸음으로 걷는 기모노 차림의 아내와 아직 사춘기에 이르지 않은 딸과 함께 우리 가까이 지나갔다. "미안하지만 잠깐만요", 에드가 포르가 말했다, "나의 옛 친구에게 인사해야겠어요." 나를 알아본 화가는 벌써 겁에 질려 뒷걸음치고 있었다. "내 친구를 소개하겠소", 정치인이 발튀스에게 말했다, "음… 이름이…?" 나는 내 이름을 말했다. 상원의원장 앞에서 화를 내는 것이 발튀스의 예법은 아니었다. 그러나 나를 그와 연결시켜주려는 상원의원장의 친근함을 우려하면서 나를 외면하는 것은 가능한 일이었다. 에드가 포르는 굉장히 익살스러웠고 아주 오만했기 때문에, 그는 덮어놓고 자기 생각을 털어놓으며 무례하게 말했다. "오늘 저녁에 함께 식사합시다, 그러시겠어요? 당신을 초대할게요, 나의 딸들도 올 거예요, 아시겠지만, 보부르 전시회로 당신은 대단히 유명해졌어요. 딸들은 화가 발튀스와 저녁 식사를 한다고 무척 기뻐할 겁니다. 그리고 당신 컨디션이 좋다면, 글쎄, 딸들에게 냅킨 조각에 그림 하나 휘갈겨 그려줄 수 있지 않겠소. 언젠가, 모를 일이잖소. 그게 아이들을 가난에서 벗어나게 할 수도 있으니까 말이요…" 발튀스는 귀가 잘 들리지 않는 척했다. 그는 도가 지나칠 정도로 압박을 받은, 성미가 꼬장꼬장한 유명 인사처럼 계속해서 마른기침을 했다. 보청기만 제 구실을 하면 되는 일이었다. 일단 화가가 떠나자 나는 에드가 포르에게 말했다. "발튀스는 내가 페스트라도 되는 것처럼 굉장히 싫어합니다. 인터뷰에 응해달라고 그를 조른 지 일주일이 되었어요." 에드가 포르는 통통하고 털이 많은 그의 작은 손을 내 손 위에 얹었다. 그리고 물었다. "당신은 기억력이 좋은가요?" 나는 그렇다고 대답했다. "그렇다면, 당신의 인터뷰는 성사된 것이오. 친구 양반. 오늘 저녁 식사 자리에 오기만 하면 되는 거요. 그러면 우리가 요령 있게 잘 처리 할 수 있을 겁니다. 당신 부인도 함께 오시오." 나는 당시 〈르몽드〉의 영화 비평가였던 에드위그에게 함께 가자고 제안했다. 나는 강력하게 요청해야 했다. 그녀는 당황했다. 발튀스와 에드가 포르와 함께 저녁 식사를 하는 것이 일상적인 일은 아니었다. 엑셀시오르 호텔 식당의 커다란 원탁 테이블 주위에 그 초대 손님들과 함께 앉아 있으려니, 발튀스도 에드가 포르도 없이 작은 테이블에서 보잘것없는 저녁을 먹던 동료 기자들과 유리문 뒤로 지나가던 동료 기자들이 던지는 증오에 찬 시선을 정면으로 받으며 견뎌야 했다. 우리가 거기에, 이 모든 시선의 중심에 있다니 도대체 우리가 무슨 짓을 한 것인가? 에드위그는 겁을 먹었는데, 에드가 포르가 암시해준 바대로 내가 저녁 식사 동안 발튀스와의 무례한 인터뷰를 실현시키겠다는 계획을 털어놓았기 때문이었다. 그것은 사기 행각이었다, 그런데 에드위그는 정직함 그 자체였으므로, 그런 몰염치한 술수에 나처럼 열광할 수는 없었던 것이었다. 따라서 발튀스에게 가장 엉뚱한 질문들을 하면서 토론을 이끌었던 사람은 느닷없이 텔레비전 토론의 진정한 사회자로서의 모습을 보인 나 자신이었다, 발튀스는 나를 전혀 모르는 체했으며 다만 젊은 질문자의 열정에 놀라는 것처럼 보였다. 나는 그에게 보부르에서 열린 전시회에 대해 만족스러운지 물었다. "끔찍한 일입니다", 그가 대답했다, "그림은 자연의 빛에서 바라보도록 그려지고 만들어진 것들입니다, 그런데 모든 그림들을 인위적인 불빛으로 조명하다니, 정말 터무니없이 말도 안 되는 일이에요, 차라리 생각하지 않는 편이 낫겠어요." 나는 뉴욕 메트로폴리탄 박물관에서의 전시회는 그보다 낫게 구상되었는지 물었다. "말하지 마시오", 그는 역정이 난 늙은 백작의 쉰 소리로 내질렀다, "미국 사람들은 깡패들이오! — 그러면 도쿄에서의 전시회는요? — 모두 똑같은 놈들이오! 깡패들이오, 틀림없소!" 나는 주제를 바꿔 그가 심사위원으로서 보고 있는 영화들에 대해 질문했다. "깜짝 놀랄만한 멍청한 것들입니다", 그가 응수했다, "그 감독들은 전부 멍청한 사람들이에요. 머리가 돌 지경입니다. 내가 학질 발작 핑계를 댈 수 있으니 정말 다행입니다. 덕분에 상영실에서 나갈 수 있어요. 숨이 막힌다는 구실을 대고, 복도로 나가 담배를 한 대 태워요. — 하지만 선생님을 감동시키는 영상이 하나도 없습니까?" 나는 완벽한 특파원 땡땡*의 자세로 계속 질문했다. — "아니, 있어요", 그가 대답했다, "단 하나뿐이고 게다가 많이 알려지지 않은 소비에트 공화국 영화입니다." 멍청하게도 나는 그 문제의 영상에 대해 설명해달라고 요청할 정신이 없었다. 이런 토크쇼에 짜증이 난 다른 손님들은 서둘러 각자의 대화로 자유롭게 돌아갔다. 나는 열기에 들떠 호텔로 돌아왔고 발튀스와의 인터뷰를 글로 옮기기 시작했다. 그것은 진짜 특종이었고, 작은 폭탄 같은 것이었으며, 나사를 돌릴 때마다 그 폭발음은 걱정스런 방식으로 나와 연관이 되는 것이었다. 나는 당장이라도 기사를 속기술로 받아 적게 하면 되었다. 이본 바비는 아침 7시에 그것을 독점할 것이었다. 7시 30분에 그녀는 그것을 편집국 협회에 팔 것이었다. 13시에는 그것이 인쇄되어 신문 제 1면에 나올 것이었다. 그리고 그것은 다음 날 아침 베니스에 도착해 발튀스의 아

* 벨기에 만화가 에르제가 발표한 유명한 만화 시리즈의 주인공으로 세계 곳곳을 누비는 젊은 기자.

침 식사 테이블 위에 놓일 것이었다. 나는 약간 겁이 났다. 에드가 포르는 우리가 테이블을 떠날 때 나에게 눈짓을 했었다. 설명되지 않은 그 영상 이야기도 나를 괴롭혔다, 발튀스가 지구 전체를 격렬히 비난한 기사였으니, 그나마 영상 이야기가 그 기사에서 약간은 긍정적인 대목이었을 것이다. 나는 기사 송고를 다음 날로 연기하기로 결심했다, 그리고 심사위원들이 경쟁 부문 영화들을 보는 시간에 상영실 근처로 갔다. 나는 곧바로 발튀스와 마주쳤는데, 그는 담배를 태우며 텅 빈 복도를 서성이고 있었다. "나의 사랑하는 친구, 어제 저녁 이후, 어떻게 지냈습니까!" 그가 나에게 따뜻하게 말을 걸었다, 내가 마치 그의 구원자라도 된 것 같았다, "절대로 수락하지 말았어야 했어요", 그가 계속 말했다, "내가 속았어요, 학질 발작 흉내만으로는 이렇게 어리석은 끔찍한 분위기에서 빠져나갈 도리가 없어요." 나는 어안이 벙벙했다. 항상 그에게서 들었던 목소리와는 완전히 다른 목소리였다. 젊고 우애가 깊고 지나친 외면치레가 없는 목소리였으며, 그가 여기저기서 "나의 옛 친구"나 "국무 총리님" 또는 "친애하는 공작부인"이라고 내뱉던 화장한 늙은이의 떨리는 목소리가 아니었다. 나는 그에게 아름답게 보였던 그 영상이 무엇이었는지 물어보았다. "이야기하기 힘든 겁니다", 그가 말했다, "그것은 순수하게 시각적인 것입니다. 둑이 무너져 내렸거나 아니면 그와 흡사한 무엇인가 때문에, 물 밑으로 완전히 잠겨버린, 둥근 지붕과 회교사원이 있는 고대의 러시아 마을이에요. 겨울에는 얼음이 얼고, 마을은 그 밑에서부터 점령되어 얼어붙는 겁니다. 아이들은 그 위에서 스케이트를 타지요. 아이들은 얼음에 구멍을 파고 그 속으로 교묘히 눈을 들이대고 꽁꽁 얼어붙은 성채의 무엇인가를 알아보려고 애쓰는 겁니다. 여름이면 다시 그들은 배를 타고 가서 마을 위에서 수영을 합니다. 물속에서는 그들의 다리가 교회의 둥근 지붕들 위에서 물장구치는 것이 보입니다. 아이들 중 하나가 종을 울려보려고 숨을 멈추고 잠수합니다. 그것은 정말 아름답습니다. 주변의 다른 이야기는 전부 보잘것없어요." 나는 내 인터뷰 원고에 부족했던 것을 얻어냈다. 나는 학질 발작 행위로 자신을 위장한 발튀스와 수북이 쌓인 담배꽁초를 두고 떠났다. 그리고 기사를 보완하러 데뱅 호텔로 달려갔으며 곧바로 속기사에게 받아적게 했다. 두 시간 후에 이본 바비가 나에게 전화를 걸어 기사가 아주 재미있다고 말했고 그 기사를 다음 날 〈르몽드〉의 1면 톱기사로 내보낼 생각이라고 했다. 그 누구도 발튀스와 인터뷰를 해본 적이 단 한 번도 없었다. 나는 안심할 수 없는 처지였다. 나는 예정대로 베니스를 떠났지만 또한 비겁한 사람처럼 떠난 것이었다. 저녁에는 침대칸 기차를 타야 했다. 오후에, 나는 산마르코 광장 저 멀리에서, 다른 시대에 속하는 왕족의 한 커플을, 파나마 밀짚 모자를 쓰고 하얀 양복을 입은 발튀스와 작은 양산을 쓰고 부드럽게 빛나는 금빛 무늬를 가장자리의 접어 감친 곳에 수놓은 하얀 기모노를 입은 그의 부인, 그리고 잘 어울리는 색조의 가벼운 원피스 차림으로 비둘기 뒤를 따라 달려가는 딸아이를 보았다. 그것은 비스콘티가 꿈꾸었던 장면, 즉 그의 어머니와 함께 있는 타지오*보다 훨씬 더 나았다. 그토록 고풍스러운 아름다움 앞에서 나는 불한당 같은 나의 행동에 수치심을 느꼈다.

기사는 일주일 전에 나왔다. 신문사로 들어온 반응이나 반박은 일절 없었다. 어느 날 아침, 나는 전화벨 소리에 잠에서 깼다. 떨리는 목소리가 들렸다. "여보세요, 기베르씨? 안녕하세요, 발튀스입니다. 어떻게 지내십니까? 우리는… 당신의 기사를 읽었어요. 완전히 포복절도할 이야기더군요. 한 가지 문제는, 당신이 나에게 끔찍한 말을 하도록 하는데, 미국인들에 관해서는 대충 넘어갈 수 있어요. 하지만 일본인에 관해서는 조금 민감한 문제예요… 내 아내가 일본인이라는 것을 당신도 모르지 않으니 말입니다만, 사람들이 당신의 어머니를 모욕한다고 생각해보세요. 친애하는 기베르씨, 내가 결단코 일본인을 깡패로 취급하지 않았다고 반박하는 정정 기사를 내보내줄 수 있습니까?"

나는 전적으로 돕겠다고 그를 안심시켰다. 그리고 나의

---

* 비스콘티의 영화 〈베니스에서의 죽음〉의 중심인물.

이니셜이 서명된 정정 보도를 내보내게 했고, 그 정정 기사에서 나는 문자 그대로 나 스스로를 질책했다, 즉 발튀스와의 대화는 사적인 것이었고 간행될 것이 전혀 아니었다고 했다. 그 정정 기사는 그렇게 보도되었다, 발튀스가 이틀 후에 나에게 다시 전화했다. "당신의 정정 기사에 대해 감사합니다, 당신으로서는 무척 친절한 조치입니다, 다만, 안타깝게도, 기베르씨, 그것으로는 충분하지 않습니다, 일본 사람들은 지독하게 성가시게 합니다, 대사, 영사, 이런저런 장관들, 그 사람들이 아침부터 저녁까지 전화를 걸어와요, 그들에게 문제가 되는 것은 깡패라는 비난이에요. 당신이 그렇게 들었다고 생각하는 것처럼 깡패라는 단어가 일본 사람들에게 결합되었던 것이 아니라 미국 사람들에게 결합되었던 것인데, 공교롭게도 의자 소리가 시끄럽게 들려서 당신 머릿속에서 말들이 포개진 것이었다고 할 수 없을까요?" 나는 곧바로 〈르몽드〉 책임자인 앙드레 로랑에게 전화를 걸었고, 그에게는 괴상망측하게 보일 수 있는 정정 기사지만 〈르몽드〉가 그때부터 매일, 항의의 표시로 받는 엄청난 양의 일본 우편물로부터 벗어날 수 있는 유일한 구원책인 정정 기사를 내보내도록 나를 지지해달라고 간청했다. 1983년, 혹은 1984년 9월의 그날, 〈르몽드〉 '문화란'에 '발튀스와 깡패들'이라는 제목의 정정 기사를 실었고, 다음과 같이 작성되었다. "우리의 동료 에르베 기베르가 화가 발튀스와 인터뷰 중에, 공교롭게도 시끄러웠던 의자 소리 때문에 (나는 발튀스가 전화로 말하는 그대로 발튀스의 단어들을 그때그때 정확하게 종이에 적어놓았었다.) 완전히 다른 두 가지 정보가 우리 동료의 귀에 겹쳐서 들리게 되었다. 깡패들이라는 단어는 사실, 우리가 그렇게 이해할 수도 있었던 것처럼 일본인을 지칭하는 것은 아니었고, 사실상 미국인을 지칭하는 것이었다." 세상의 한쪽 편의 정신을 진정시킨, 전적으로 터무니없는 이 정정 기사는 일종의 발튀스와의 우정을 최종적으로 확인시켜주었다, 상대방의 암묵적인 동조와 더불어 우리가 각자 했을지도 모를 좋은 일이나 나쁜 일로써 말이다.

나는 발튀스가 스위스 별장에 있는 그에게 소식을 전할 수 있도록 알려준 전화번호를 간직하고 있었다. 2년 후, 그 번호로 나는 전화를 걸었다. 희한하게도 번호는 바뀌지 않았다, 곧바로 나는 발튀스와 연결되었다, 비현실적인 일이었다. 그는 신경질적이지 않았고 특별히 따뜻하게 대할 정도였다. "친애하는 기베르 씨, 삐걱거리는 의자 사건 이후, 어떻게 지내시나요? 책을 보내준 것에 대해 우리 모두 감사하고 있습니다, 우리는 아주 훌륭한 책이라고 생각했습니다, 세츠코도 마찬가지고요, 나는 눈 먼 사람들에 대해서라면 당신에게 해줄 이야기가 아주 많습니다. 게다가 후속 이야기를 쓰고 싶다면 나를 모델로 삼을 수 있을 겁니다, 내 자신이 장님이 되어가는 중이니까요, 화가로서는 꽤나 복잡한 일이지요… 그런데, 나의 소중한 친구, 우리가 언제 다시 볼 수 있을까요? — 네, 바로 그건데요", 나는 기회를 놓치지 않고 말했다, "다음 주에 로잔에 있는 편집인과 약속이 있습니다, 선생님을 방문할 수 있는 좋은 기회가 되면 좋겠습니다. — 오, 그래요?" 아마도 부인에게 말한 것이겠지만, 일본어로 몇 마디 소근 거린 후에 발튀스가 말했다, "그 약속이 언제입니까?" 나는 무턱대고 날짜 하나를 댔다. "그러면, 집으로 점심 식사하러 오세요, 미리 말하지만 일본식일 겁니다, 완전히 일본인인 셰프가 있으니까요, 당신이 일본 요리를 좋아했으면 하는데, 괜찮을까요?" 로잔에 알고 있는 편집인은 없었다, 이 모든 것은 조작된 일이었다, 나는 베니스의 그의 이야기를 토대로 화가가 정확히 어디에 거주하는지 알아보기 위해 스위스 지도를 자세히 살펴보았다. "당신 책이 성공을 거두어, 기자라는 그 천한 직업에서 벗어날 수 있기를 희망합니다. — 네, 다행히도, 얼마나 끔찍한 일인지 모릅니다." 나는 계속 속임수를 썼다. 화가를 그의 은신처에서 꼼짝 못하게 하고 내가 만든 함정에 빠지게 하려고 일부러 스위스로 갔다. 그러니까 나는 〈르몽드〉에서 부정직한 사람으로 내몰렸고, 〈로트르 주르날〉의 미셸 뷔텔 사장과 그 팀에 의해 아주 따뜻하게 구제되었다. 소위 특종이라고 불리는 것을 그들에게 가져다주기 위해 몹시 애를 쓸 정도로 나는 그들에게서 큰 은혜를 입은 것이었다, 나는 페터 한트케를 인터뷰하기 위해 잘츠부르크에 갔었고, 그는 전에 없이 나의 인터뷰에 전념했었다. 나는 바르트의 문학 저작권 담당자들의 의도와는 반대로 그의 미간행 편지를 넘기기도 했다. 이제 나는 다가가기 어려운 마지막 위대한 화가, 그의 예술에 대해서는 언제나 침묵했던 위대한 화가의 인터뷰를 시도해보고 싶었던 것이었다. 그런데 그 거장의 집까지 어떻게 갈 수 있나? "더 간단한 방법은 없어요", 발튀스가 나에게 설명했다, "로잔에서 O.로 가는 작은 미슐린 기차*를 타세요, S. 정류장에서 내리세요, 기차 안에는 분명히 당신밖에 없을 겁니다, 고아들이 있다면 몰라도… 이 지역에는 많은 고아원이 있다는 것을 알게 될 겁니다. 기차에서 내릴 때도 여전히 당신밖에 없을 겁니다, 사실은 기차역이라 할 수 없고, 심지어 정류장이라고도 할 수 없어요, 끝없이 얼어붙은 두 레일 위에 기껏해야 초라한 오두막 정도가 있을 뿐인데 항상 닫혀 있고 아무도 없는 곳이에요, 미끄러지지 않게 조심하세요, 제대로 된 신발을 가져오세요. 일단 기차가 다시 떠나고 나면 산 쪽으로 등을 돌리세요, 그리고 마을의 오두막들을 잘 살펴보세요. 당신이 혼동할 수는 없어요, 가장 이상하게 보이는 오두막 쪽으로 오세요, 그게 우리 집입니다."

나는 여행 때문에 너무 지치지 않으려고 로잔의 큰 호텔에서 하룻밤을 보냈다. 나는 또한 소위 편집인과의 만남을 위

---

* 바퀴가 달린 레일카.

해서, 체계적으로 짜인 일정표 안에서 일정을 잡아야 했다. 나는 아침 일찍 발튀스가 알려준 미슐린 기차를 탔다. 기차는 눈과 안개 속으로 들어갔고, 계속해서 눈과 안개가 만드는 불분명하고 두터운 층 속으로 파고들어가며 소나무 가지들에 맺힌 서리들을 떨어뜨렸으며, 가끔은 오래된 숲속에 있는 음산한 고아원들 중 하나가 모습을 드러냈는데, 고아원들 대개는 울타리가 쳐 있고 반쯤은 지워진 글자들이 남아 있어서 "자비로운 성심 기숙사"나 "앙팡 블루* 학원" 따위를 읽을 수 있었다. 그것은 환상적인 풍경이었고, 크리스마스 같은 풍경이었다.

모든 것이 정확하게 발튀스가 묘사해준 대로 진행되었다. 로잔에서부터 기차에서 내리는 S. 에탕까지의 여정을 발튀스 자신이 자주 오갔을 것이다, 권양기로 당겨지는 기차나 케이블카처럼 외견상으로는 기관사도 없이 산꼭대기를 향해 저절로 굴러가는 것 같은 기차에서 머리를 완전히 민 두세 명의 청년들이 마치 자기들이 운전이라도 하는 양 소란을 피웠다, 발튀스가 예상했던 대로 플랫폼 위에 아무도 없이 혼자뿐이었던 나는 울타리가 쳐 있는 오두막 앞에서 안개로 둘러싸인 눈

---

* 앙팡 블루Enfants bleus는 '푸른 아이들'이라는 뜻으로, 일반적으로는 학대받는 아이들을 의미한다.

덮인 산꼭대기를 향해 얼굴을 들었다. 그러고 나서 마을을 향해 고개를 돌리니, 실제로 거기서 얼음 속에 끼워 있는 중국식 파고다 같은 기상천외한 건물을 볼 수 있었다. 나의 손에는 짐이랄 것이 없었고 아달베르트 슈티프터의 《후계자 없는 남자》, 이삭 바벨의 《나의 첫 번째 사례금》, 나쓰메 소세키의 《마음》 같은 몇 권의 책이 든 선물 꾸러미뿐이었다. 그 책들은 그로부터 5년 후에 코르푸로, 야니의 부인에게 가지고 간 것과 같은 책들이었다. 나의 취향은 바뀌지 않았다. 나는 진한 푸른색의 낡은 캐시미어 외투를 입고, 한쪽 주머니에는 작은 카메라를 숨기고, 다른 한쪽에는 대가의 말을 받아 적을 생각으로 두루마리 형태의 새 메모지를 감췄다. 나는 파고다 쪽으로 향했다. 사방이 고요했다. 아무도 없었다. 지붕에서 떨어지는 눈 소리만 느껴질 뿐이었다. 오솔길처럼 구불구불 파인 이 엄청난 양의 눈 더미에서 갑자기 불쑥 나타나는 의외의 인물이 보였다. 거인 에릭 폰 스트로하임 같았지만 외알박이 안경도 단장도 없는, 흰머리에 놀랄 만큼 활력이 넘치는 농장 주인이, 그 추위에도 가슴팍에 셔츠는 풀어헤친 채 긴 장화를 신고 나타난 것이었다. 그는 다름 아닌 발튀스였는데 아틀리에에서 나오는 모습이 아주 행복해 보였다. "오 불쌍한 기베르", 곧바로 구두 차림의 내 비참한 꼴을 보면서 그가 말했다. "당신을 완전히 잊어버리고 있었군요! 벌써 목요일이고, 우리가 점심 식사를 함께 하기로 했는데, 그렇지 않습니까?

들어오세요. 볼품사납지 않게 옷은 갈아입어야겠어요. 곧 세츠코가 와서 말동무가 되어줄 겁니다. 따뜻한 곳에 앉아 계세요."

나는 그림이 걸려 있지 않은, 아무것도 없는 나무 벽으로 둘러싸인 거실에 혼자 남았다. 실내의 온기에도 불구하고 외투를 벗지 않았는데, 범죄의 도구를 가까이 지니고 있기 위해서였다. 집 안에는 믿기 어려울 정도의 정적이 감돌고 있었다. 걸을 때마다 나무가 삐걱거렸다. 위층에서 발퉈스가 옷을 벗는 소리, 다시 옷을 입는 소리, 뼈마디가 부딪치는 불쾌한 소리까지도 전부 들리는 것 같았지만, 어떤 말도, 속삭이는 소리도 들리지 않았다. 반면에, 칸막이 너머에서는, 곧 알아차리게 될 것이었지만, 일본인 요리사들과 시중드는 사람들이 점심 식사를 준비하면서 소리 없이 부지런히 움직이고 있었다. 커튼이 없이 폭이 좁고 높은 작은 창문들 뒤로는 눈에 덮인 협곡만 보였다. 갑자기 복도에서 안주인의 종종걸음 소리가 들렸다. 그녀는 절대로 서양식으로 옷을 입지 않았고, 자수로 장식된 화려한 기모노로 인형 같은 마른 몸을 감싸고 가볍지만 진귀한 장신구들을 착용하고 있었다. 나는 그녀에게 딸 소식을 물었다. "그 아이는 정말 지독해요", 그녀가 말했다. "기숙사 책임자가 불만을 토로하는 것 말고는 들은 게 없어요. 무엇을 하려는 건지 몰라도 그 아이는 창고 벽장에 숨곤 해요. 학업에는 관심이 전혀 없는 것 같아요. 그 나이 때 내 모습과 완전히 똑같아요. 그런데 이렇게 따뜻한데 두꺼운 외투를 계속 입고 계시진 않겠지요, 답답할 거예요, 자, 저에게 주세요." 내가 외투를 계속 입고 있으려고 하면서 외투를 건네기를 망설였기 때문에, 그녀는 의심이 가득한 눈길을 보냈다, 그 의심은 마침내 그녀가 외투를 받아 옷걸이에 걸 때 비정상적으로 무거운 외투의 무게로 더욱 깊어졌다. 그렇지만 그녀는 이런 상황에 익숙한 것처럼 보였다, 일단 외투가 나의 손이 닿지 않는 곳에 놓이자 이번에는 그녀가 의기양양한 눈길로 나를 응시했는데, 그 눈길은 '이제 당신은 무장 해제되었어요, 불한당 같은 사람!'이라고 말하는 것 같았다.

발튀스는 도시풍의 차림으로 점심 식사 자리에 나타났다, 그는 흔히 농장주들이 신는 장화와, 반백의 가슴 위로 풀어헤쳤던 셔츠를 벗어버렸다, 이제 그는 연분홍빛 셔츠에 넥타이를 매고 회색 양복을 걸치고 있었다. "장님에 대한 당신의 책은 정말 훌륭해요, 친애하는 기베르씨! 세츠코와 나는 장님들에 대해서 어떤 면에서는 잘 알고 있어요, 왜냐하면 일본에서 장님은, 우리 같은 텔레비전 시청자들과 아이들에게 위대한 영웅의 모습이에요. 일종의 일본인 조로인데, 정말로 깜짝 놀랄만한 장님 조로인 거예요! 그는 악당들과 맞서 싸우지요. 싸구려 식당에서 스파게티가 가득한 수프를 먹는 그런 장면들이 나와요, 그는 한없이 긴 국수 한 가락을 들이마시기 시작해요, 그런데 등 뒤에서 수상한 소리가 들리는 거예요,

그가 총을 빼들고 쏘지요, 적들을 두세 명 쓰러뜨리는 겁니다, 그러고 나서 그는 침착하게 총을 집어넣고, 그의 스파게티를 다 먹습니다."

발튀스는 내가 그의 아틀리에로 가는 것을 수락하지 않았다. 어쩌면 그의 부인이 수상쩍은 외투의 무게에 대해 그에게 슬며시 고했을지 모르는 일이었다. 그가 말했다, "나는 당신 책상에 놓인 초고를 뒤져보려고 당신을 성가시게 하지 않아요." 그는 3년 전부터 나체를 그리고 있는 중인데, 몇 년 후에 나는 〈검은 까마귀에 나체〉를 스키라 앨범에서 확인했다. 발튀스는 나체가 아닌 나체를 그리고 싶다고, 또는 육신이 없이 오로지 나체일 뿐인 나체, 하지만 그림으로 이상적인 나체를 그리고 싶다고, 아무것도 아니면서 동시에 모든 것인 나체를, 나체의 관념을, 성적 매력이 없는 숭고한 나체를, 육체를 초월한 절대적인 나체를 그리고 싶다고 말했다. 앨범에 수록된 그 그림을 보았을 때, 나는 엄청나게 실망했다, 나에게는 그 그림이 유치해 보였다. 세츠코는 남편이 그 그림을 미국인 화상들에게 팔려고 한다고 불평을 토로했었다, 그녀 생각에 그 그림은 완전히 그녀의 것이었다. "발튀스는", 바로 남편 앞에서 그녀는 웃으며 말했다, "내가 없었다면, 내 배려가 없었다면, 나와 함께 있지 않았다면 절대로 그 그림을 그릴 수 없었을 거예요, 그 양반이 어떤 상태인지 보셨죠, 그 양반이 아직도 붓을

들 수 있는 건 기적이에요. 그런데 그 양반은 나에게 빚진 것을 나에게 돌려주는 대신에 양키들에게 처분한다는 거예요!"

우리는 거실만큼이나 헐벗은 침울한 분위기의 식당으로 건너갔다. 마찬가지로 작고 높은 창문이 쌓인 눈의 높이를 보여주고 있었다. 세츠코는 나를 그녀의 오른쪽에 앉게 했다. 맞은편에는 발튀스가 앉았다. 세츠코는 작은 종을 흔들어 음식들을 가져오게 하고 다 먹은 접시들을 치우게 했다. 식당과 부엌은 유리문으로 구분했는데, 부엌은 작아보였고 하나뿐인 것 같은 화덕 앞에서 일본인 요리사가 위엄을 차리며 행동하고 있었다. 부엌과 식당 사이의 이 투명한 통로에서는, 검은 원피스 복장에 하얀 반달 모양 레이스를 머리쓰개 위에 핀으로 고정시킨, 세 명의 젊은 식사 시중 담당들이 빠르게 움직이고 있었다. 그들은 우리가 먹는 것을 바라보았고, 귀를 기울였으며, 때로는 웃음을 터뜨렸다. 나는 내가 어느 시대로 시간 여행을 한 것인지 자문했다. 발튀스는 만화에 대한 이야기를 계속했다. 에르제*가 20세기의 가장 위대한 작가였다는 것이다. 그리고 스피루**의 권투 시합은 — "당신이 어떻게 모를 수 있어요?" 그가 격노하는 눈빛으로 말했다. — 피에로 델라 프

* 《땡땡의 모험》을 비롯한 '땡땡' 시리즈로 유명한 벨기에 만화가.
** '아스테릭스' '땡땡' 시리즈와 함께 유명한 만화 시리즈의 주인공.

란체스카를 훨씬 능가한다는 것이었다. 세츠코가 수없이 많이 들었던 이런 종류의 상투적인 말로 그의 초대 손님들을 깜짝 놀라게 하는 것이 그의 재주였다.

발튀스가 대기실 벽에 걸려 있는 작은 몬드리안 그림들과 피카소 그림을 보여주면서 자신이 받아들일 수 있는 유일한 그림들이라는 설명을 덧붙였고, 거실로 돌아왔을 때, 나는 그에게 블랑샤르의 아이들, 즉 1936년과 1937년에 그를 위해 포즈를 취했던 어린 테레즈와 위베르가 어떻게 되었는지 대담하게 물어보았다. 화가의 요구대로 다리를 조금 벌리거나 네 발로 포즈를 취했던 그 이상한 시간들에 대해 직접 이야기를 들어보기 위해서 나는 모든 전화번호부와 미니텔 기록 장치를 뒤져 긁어모은 정보로 블랑샤르 가족들에게 연락해보았지만 소용없는 일이었다. "그런데 그 불쌍한 아이들은 죽었어요", 발튀스가 대답했다. "로앙에 있는 내 아틀리에 옆 건물 관리인의 아들딸이었는데, 아주 매력적인 아이들이었어요. 그림을 그리는 시간 동안 우리는 아주 즐거웠어요. 그렇지만 테레즈가 끔찍한 병에 걸리고 얼마 되지 않아 죽었어요. 코흐 결핵이거나 그와 비슷한 병이었던 걸로 기억해요. 남자애는, 완전히 단순하게 그냥 사라져버렸어요. 아마도 전쟁에서 그랬겠지요… 나는 위베르 소식을 더 이상 듣지 못했어요." 발튀스가 아르토와 바타이유와 쥬브에 대해 말하는 것을 듣고 있으면 마치 그들이 그와 일생 동안 한 집에, 그와 한 방에 있는 것 같았다. 그들은 그의 친구들이었다. 그의 나이와 작품 때문에 나한테는 이미 고인이 된 불멸의 위대한 사람들과 흡사하게 여겨진다고 발튀스에게 알려주었다. 그러자 발튀스는 20년대에 파리에 도착했을 때 그에게도 비슷한 감정이 생겼던 적이 있었다고 말했다, 그가 아주 나이 많은 부인 집에 방 하나를 빌려 세 들었을 때였다고 했다. "그 부인은 끊임없이 마네에 대해 이야기했어요, 그녀가 마네를 아주 잘 알았었다는 거예요, 거의 마네가 여전히 살아 있다고 할 정도였어요, 나한테 그는 이미 미술사의 거대한 산이었는데 말이죠." 발튀스는 평생 그가 알았던 고인이 된 작가들과 생존하는 작가들 사이에서 늘 같은 착오를 저지르고 있다, 발튀스에게는 그들이 동일 선상에 있는 사람들이었다. 발튀스는 로제 질베르 르콩트에 대해서도 말한다, 그는 로제 질베르 르콩트의 작품 출판 문제로 그의 가족과 다툰 적이 있었다, "마치 그 사람이 나 자신인 것 같았어요, 그것 때문에 내가 우쭐해지는 것은 아니에요, 나는 그를 몰랐으니까요." 나는 느닷없이 호퍼에 대해서는 어떤 생각을 하는지 묻는다. 그는 귀를 쫑긋 세우고 나에게 이름을 반복해서 말하게 하고는 한 번도 들어본 적이 없는 척 한다. "아, 네, 이제 알겠어요", 그러면서 그는 말한다, "그 보잘것없는 미국 화가 말이군요… 그건 그림이 아니에요, 영화고, 특수효과예요. 아시겠지만 그림은 그림이에요, 그림은 그림일 뿐,

다른 어떤 것도 아니에요, 그것이 바로 비밀이 아니면서 동시에 비밀이기도 하지요, 그래서 나는 한평생을, 때로는 그것을 감지하면서 그 뒤를 좇으며 찾아다닌 겁니다." 나는 계속 유도해본다, "색깔은요? — 아, 물론 색깔이 있지요, 하지만 그것은 최소의 것입니다. — 그러면 장면은요? 아니요, 장면은 없어요. 그림은 그것을 필요로 하지 않아요. 그림은 바로 그 그림의 대상이면서 동시에 주체이기도 합니다, 그리고 바로 그 불가사의한 것을 위해 화가가 진력하는 겁니다." 땅거미가 졌다. 갑자기 발튀스는 그의 부인에게 일본어로 몇 마디 말하기 시작했다, 부모가 아이들 앞에서 음담패설을 알아듣지 못하게 하려고 영어로 말하는 것 같았다. 나를 저녁 식사에 붙잡아두고 잠자리를 제공하는 것이 시의적절한 것인지, 그가 그녀의 의견을 물었다. 세츠코는 그렇게 하지 않기를 바라는 그녀의 생각을 이해시켰다. 나의 외투가 정말로 지나치게 무거웠고, 비정상적으로 무거웠던 것 같다. 나는 혼자 기차역으로 떠났다, 마침 일본인 요리사도 그 거장을 위한 처방전을 가지고 마을 약국으로 떠났다. 산꼭대기를 감싸고 있던 안개에 푸른빛이 어둡게 스미고 있었다. 꼬불꼬불 달리는 지방 열차가 아니면 그 누구도 눈을 치울 리 없는 선로를 따라 나는 왔다 갔다 했다. 어느 가련한 여인이 두 번째 선로의 다른 편에서 마찬가지로 서성였는데 반대 방향으로 걷고 있었다, 미친 게 분명한 여인은 기차에 오르지 않았다. 나는 파리로 돌아와, 기사를 쓰지 않기로 결정했다.

나는 야니를 보지 못한 채, 수요일 새벽에, 코르푸를 떠났다. 그림을 위조한 사람이 부패한 사업가를 데리고 이스탄불까지 야니를 쫓아갔었다, 그들은 전화를 걸어 야니를 위협하거나 아니면 야니가 호텔에서 나오기를 기다려 뒤를 바싹 따라갔다. 그는 수화기를 내려놓은 채, 자신을 보호하려고 가져간 검은색 12구경의 작은 권총과 함께 페라 팰리스 호텔 방에 틀어박혔다, 식사는 방으로 올려달라고 했고, 터키모자를 쓴 종업원이 요리를 가지고 방에 들어올 때는 주머니 깊숙한 곳에 또는 일어서지 않고 팁을 줄 수 있게끔 앉아 있는 침대의 베개 아래 넣어둔 총에 손을 대고 있었다. 위조품이나 도난당한 작품들을 담당하는 국제 경찰국 관계자들 역시 이스탄불까지 뒤쫓아 갔고, 베르사유의 여러 경매에서와 마찬가지로 프랑스 남부 지방이나 스페인의 화랑들에서 판매된 야니의 위작 서른 점의 카탈로그를 가지고 간 그들은 야니에게 그 위작들을 없애버릴 수 있도록 하나씩 고발해달라고 요청했다. 야니가 위조자들의 암거래를 고발하고 고소한다면, 광택이 나는 뾰족한 신발을 신은 마피아가 경고한 바로는, 게르투르드의 얼굴이 흉측하게 될 것이었다. 야니의 평판과 시세에 따라 그 중요성을 고려하면 서른 점의 위작들은 옛날 프랑스 화폐로 이십억 프랑을 의미하는 것이 틀림없었다. 서류를 살펴보던 여성 재판관이 야니를 역시 집요하게 공격했다. "당신이 어떻게 증명할 수 있습니까?", 그녀가 반복해서 말했다, "고소당한 그림들이 분명히 위작이라는 것을요?" 야니로서는 불가피한 상황이었다, 그는 모든 예술 활동을 중단했다, 어쩌면 그도 언젠가는 자신을 표절하는 사람에게 자신이 서명할 그림들을 제작해달라고 부탁해야 할지 모른다는 것인가?

나는 다시 레나를 보러 가기 전에 며칠을 기다렸다. 여행의 피곤함에도 불구하고 떠날 때보다는 컨디션이 좋은 상태로 돌아왔다. 파리는 나에게 도움이 되지 않았다. 파리의 공기를 하루 이틀 쐬고 나면 나는 다시 기진맥진했다. 나는 레나의 상점 주위를 맴돌았는데, 이번에는 주머니에 폴라로이드 사진을 가지고 있지 않았다. 내가 안으로 들어가기로 결심했을 때 줄리엣이 환한 미소를 지으며 말했다. "방금 당신 생각을 하고 있었어요. 지난번에 보았을 때보다 안색이 좋아요, 그렇다고 말할 수 있을 것 같아요. 아니요, 레나는 여기 없어요. 쉬러 올라갔어요. 컨디션이 썩 좋지 않은가 봐요."

내가 레나를 다시 만났을 때, 그녀의 사무실은 그림들의 슬라이드와 서류들, 영수증과 판매 카탈로그로 뒤덮여, 다시 괴상하게 뒤죽박죽인 상태로 되어 있었다. 나는 곧바로 그녀에게 말했다. "폴라로이드 사진을 가져오지 않았어요." 그러자 그녀는 마치 내가 암시하는 바가 무엇인지 이해하지 못하는 것처럼 공허한 시선을 보냈다. 그녀는 런던으로 떠날 준비를 하고 있었다, 필립스사에서, 크리스티사에서 그리고 소더비사에서, 일주일 간격으로 세 번에 걸쳐, 러시아 예술품의 중요한 경매가 열릴 것이었다. 위작으로 보이는 것에 대한 고발 조치를 준비하기 위해서, 아이바조프스키가 그렸다고 하기에는 너무 서툰 바다의 미세한 부분을 원으로 둘러 표시하고서 그녀는 여러 회사의 카탈로그를 장시간 살펴보았다. 나에게는 믿을만한 것으로 보였던 그 그림이 어떤 점에서 그녀에게는 위작으로 보이는지 물어보았다. “우선 아이바조프스키의 작품치고는 지나치게 지엽적인 이 그림은 남자를 향한 여인의 손짓이 무엇인가 작은 이야기를 하고 있어요, 하지만 아이바조프스키는 오로지 바다 외에는 절대로 아무것도 이야기하지 않아요. 게다가 작은 배 위에 서 있는 남자의 자세가 특히 문제예요, 있을 법한 일이 아니에요, 그런 자세로는 한순간도 지탱할 수 없어요, 바다로 떨어지고 말 거예요, 아이바조프스키는 절대로 이런 오류를 범하지 않아요.” 나는 레나에게 단도직입적으로, 세관에서 저지당한 그녀의 오빠의 그림들을 되찾기 위해 모스크바에 함께 가겠다고 제안했다. 그녀는 재빨리 대꾸했다. “당신 여권 번호가 뭐예요? 생년월일은요? 어머나, 우린 같은 해에, 1955년에 태어났네요.” 내가 말했다, “아주 훌륭한 연도예요, 내 친구들 (다비드, 마투, 그리고 60년대에 태어나서 55년생 무리를 배반한 마린…) 거의 모두가 55년에 태어났어요." 레나는 호텔을 찾아보았다. 레나는 로시아 호텔로는 다시 가고 싶어 하지 않았다. 로시아 호텔은 사람들이 그녀의 오빠를 마지막으로 목격한 곳이었고 그녀가 오빠를 되찾으려고 노력하면서 악몽 같은 날들을 보낸 곳이었다. 그녀는 새 단장 중이던 오래된 호화 호텔 메트로폴이 그녀가 결정한 12월 16일에서 22일까지의 여행 시기에 맞춰 다시 개장하기를 희망했다. 그렇지 않다면 우크라이나 호텔이나, 나시오날 호텔이나 소비츠카이아 호텔도 있을 것이다. 그녀는 그 호텔 중 한 곳을 예약하기 위해 줄리엣에게 전화했다. "보드카를 좀 갖다 줘. 그리고 당신은 비자를 받아야 하니 줄리엣에게 즉석사진을 줘야 해요." 그녀가 덧붙여 말했다. 내가 오후에 레나를 본 것은 처음이었다. 나는 그녀만큼이나 우울했다. 보드카는 각자의 우울을 조금 희석시켰다.

그동안 야니는 아프리카 여행을 준비하기 위해서 파리로 돌아왔다. 우리는 같은 날, 12월 16일에 떠날 것이었다. 그는 마르세유에서 배로 보내진 랜드로버를 되찾기 위해 아비장으로 떠나고, 나는 모스크바로 떠날 것이었다. 1월 15일경에 나는 게르투르드와 함께 우아가두구에서 그와 만나려고 했다. 나의 건강이 허락한다면 그는 우리를 도곤족 고장으로 데려갈 예정이었다. 야니는 점점 더 위협적이었던 (격투할 때 손에 끼는 쇠붙이, 쌍절곤, 산성 부식제에 상파뉴 칵테일 등) 작품 위조자와 사업 담당자에게 그가 위작 서른 두 점의 작가임을 인정한다는 면책 사유서에 합의하지 않은 채 이스탄불을 떠난 것은 아니었다. 위조자로서는 계속 위작을 생산하는 일에 더 이상 어떤 걸림돌도 없었다. 판별하는 데 그다지 큰 어려움이 없을 아주 보잘것없는 작품과 아주 훌륭한 작품들을 가지게 된 야니는 21세기의 가장 말이 많은 화가일 것이다. 야니는 나에게 아프리카로 떠나기 전에 그를 위해 포즈를 취하면 어떻겠냐고 제의했다. 그는 작업대를 구입했고 그의 조수에게 여러 다른 크기의 캔버스를 준비시켰다. 첫 번째 포즈를 그리기로 한 전날 밤에, 그는 자코메티가 그린 초상화들을 오랫동안 바라보았다. 그는 최근의 위대한 초상화가는 워홀이라고 말했다. 내가 들어가보지 않은 코르푸의 그의 침실에, 워홀이 죽기 얼마 전에 그린 그의 초상화 네 점이 있었다. 그 초상화들은 야니의 커다란 흰 그림들 중 하나와 맞바꾸기로 한 것이었으나, 결국 야니의 그림은 워홀이 사망했기 때문에 전달될 수 없었다. 초상화 네 점 중에 두 점은 워홀이 그리자마자 곧바로 야니가 가져온 것이고, 나머지 두 점의 초상화는 워홀이 사망하고 나서 야니가 그의 독일 화랑 운영자를 통해 찾아보게 하고, 구입한 것이다. 야니가 워홀과 아주 유리한 거래를 한 것이라고 말할 수 있을 것이며, 워홀의 죽음도 야니에게는 유리하게 작용한 셈이라 할 수 있을 것이다. 야니의 아버지는 퇴직한 후, 그의 옛 은행 동료들을 위해 열 명가량의 소그룹 가이드 투어를 기획했다. 그는 비닐 포장 아래 반쯤은 보이지 않는 워홀의 아크릴 화를 가리키면서 자랑스럽게 말했다. "워홀! 오십만 달러! 카스텔리 화랑, 뉴욕! 옆에는 슈나벨이 있습니다, 그 역시 널리 인정받습니다, 물론 그 정도는 아니지만요, 하지만 그는 생존하는 예술가니, 당연한 일이죠." 아들은 아버지를 문밖으로 쫓아냈다.

이제 야니는 죽어가는 나를, 빨간 모자 아래 불처럼 이글거리는 푸른 눈을 가진 해골을 그리고 있었다. 그는 나의 두 눈을 그리기 위해서 연한 푸른색 물감 한 통 전체를 용해시켰다. 서로 논의한 대로 내가 나체로 포즈를 취하면 그 시간 동안 잘 견뎌낼 수 있도록 아편이 든 차를 준비해주겠다고 야니는 제안했다.

나는 비자를 받기 위해 레나에게 세 장의 여권사진을 가져다주어야 했다. 나의 초상화를 위해 화가 P. F.가 찍은 폴라로이드 사진을 제외하고, 3년 동안 나는 어떤 사진도 찍힌 적이 없었다, 나는 레나의 상점에서 가까운 즉석사진 촬영 부스로 갔다, 거기서 나온 네 장의 흑백사진은 정말로 끔찍했다. 나는 곧바로 그 사진들을 찢어버릴까 망설였으나, 다시 찍을 다른 방법이 없었고, 좀 더 쓸만한 사진을 얻을 다른 수단이 없었다. 상황이 변할 때까지, 그리고 아마도 영원히, 나는 이렇게 겁에 질린 해골 같은 모습일 것이다. 나는 증명사진을 찍는 원칙에 어긋나는 일이라는 것을 알면서도 모자를 쓰고 있었다. 담당자가 비자를 거절하고 사진을 돌려보내기를 어쩌면 은근히 바라고 있었는지도 몰랐다. 그렇게 된다면 나는 기근이 든 나라, 고기도 가루우유도 없는 나라, 소비에트 연방 공화국의 침략이 있을 경우 바르샤바 조약에 따라 독일이 예정된 원병을 보내고, 사십 년 전 맛의 쇠고기 통조림들과 유행이 지난 의복들과 유효기간이 지난 의약품들을 보내고, 무장한 경찰들과 KGB 요원들이 암거래 시장의 마피아 단원들로부터 빼앗은 엄청난 양의 물품들을 보내는 나라로 떠나지 못하게 될 테니 말이다. 분명히 나는 외국통화로 구입한 캐비어와 보드카로 6일 내내 지낼 수는 없을 것이었다. 주크는 나에게 야쿠르트, 설탕, 동결건조 수프를 끓일 수 있는 강력한 전열선, 봉지 커피 따위를 여행 가방에 가득 넣어 가져가라고 조언했다. 나는 레나에게 사진을 주기로 결심했다. 그리고 사진 한 장이 남을 것이니, 레나가 말없이 로스엔젤레스의 아르메니아인 치료사에게 사진을 보낼 수도 있을 거라고 생각했다. 레나는 그 사진들이 전혀 내 모습이 아니라고 상냥하게 말했다. 또한 눈을 뜨고 있는 이 시체보다 사진 속 내 얼굴이 훨씬 더 명랑하고 활기차다고 말했다. 레나는 옷을 잘 차려입지 않은 채, 그녀의 비자용 여권사진을 찍기 위해 큰 도로로 달려 나갔다. 그리고 줄리엣에게 사진이 나올 때까지 기계 앞에서 기다려 달라고 부탁하고 돌아와 보드카로 몸을 녹였다. 줄리엣이 사진을 가지고 왔을 때, 벌써 조금 취해버린 레나가 소리를 지르기 시작했다. "아니, 이 얼굴이 내 얼굴이라고? 내가 이렇게 생겼어? 저기는 물컹물컹하고, 여기는 부어올랐다니! 이제는 정말 주름살 제거 수술이라도 받아야겠네!"

글쓰기를 통해 여러 일들을 복원하려는 시도는 때로 저항에 부딪히기 마련이다. 나는 야니 앞에서 포즈를 취했던 시간들에 대해 세 번이나 쓰려고 시도했고, 그 여러 달 동안에 세 번 다 종이를 즉시 찢어버리고 싶었다. 나의 시도는 그 순간의 성대함을 배반하고, 보편화했다. 나는 진정한 불가사의, 그러니까 파악할 수 없는 어떤 것, 즉 회화 속으로 도주하는 육신, 화폭 위로 점차 드러나는 영혼 같은 것에 대해 이야기할 것이 있었다. 현재 시제로 써야 했나 아니면 과거 시제로 써야 했나? 그 순간을 재현하기 위해 최대한 많은 세부 사항과 느낌들 속에서 그 순간을 다시 비춰보아야 하는가? 강렬함이 다 빠져나간 생기 없는 대용물을 상세히 쓰려고 애쓰기보다는 그 순간을 빈칸으로 남겨두는 편이 낫지 않았을까? 내가 글로는 절대로 쓰지 못한 상황들이나 인물들이 기억난다, 나는 그것들을 생생한 목소리로 이야기해보려고 연습했다, 그런데 말을 하면서 그것들은 사라져버렸다, 나와 청중들이 잊어버린 이야기에 대해서는 더 이상 아무것도 남아 있지 않다. 나는 야니의 아틀리에에서, 야니가 주장한 것처럼 최대 동력은 아닌 커다란 난방 기구를 등에 대고, 결국엔 등을 아프게 하는 스툴 위에 올라앉은 자세로, 몸은 추위에 얼어붙고, 점점 더 피곤에 지친 채, 작업대 앞에 앉아 있다, 이마에 붓 세 개를 든 손을 얹고 일정 거리를 두고 보기 위해 눈을 슬며시 감고서 의자에서 몸을 뒤로 젖히기도 하고, 이제 막 용해되어 백묵처럼 농도가 짙은 흰색 물감통과, 털실 타래가 섞인 검은색 물감통에서 털버덕거리는, 야니의 붓질에 밑칠된 하얀 캔버스가 진동하는 작업대 앞에 내가 앉아 있는 것이다, 내가 포즈를 취하는 시간 동안에 야니는, 내가 도착해 초인종을 누르면 곧바로 화실로 올라가 입는 청동빛 녹색 작업복을 점점 더 물감으로 얼룩지게 하면서 나를 괴롭히기도 하고, 내가 그 시간을 잘 견뎌낼 수 있도록 나를 도취시키기도 하고, 나에게 좀 더 많은 시간을 요구하기도 하고, 하루에 서너 장의 초상화를 그리고 나서 그것을 부식시키고 내 모습을 변형시키는 산성 용액을 뿌려 바닥에서 더럽히기도 하고, 모자를 벗으라고 요청하기도 한다, 그러면 나는 더욱더 발가벗겨진 기분으로 야니에게 말한다, "누드를 그릴 필요는 없을 거야, 사람들이 이미 했으니까." 그는 말한다, "나는 네 영혼을 가졌어." 이 순간은 두 시선 사이에서, 즉 그림을 그리면서 응시한 시선과 그려지면서 응시한 시선 사이에 일어난 경이로운 집중력에서 비롯된 사랑이었다. 그것은 에로틱한 활동을 가소롭게 만들 수 있는 육체적 활동이었으며, 말할 필요도 없이, 에로틱한 활동을 표현하지 않고도 에로틱한 것을 포함하는 육체적 활동이었다. 그렇지만 그 모든 일들이 완전히 다르게 이야기되었을 수도 있었을 것이다, 이야기는 열 페이지에 달할 수도, 또한 이제껏 내가 해내지 못한 것이지만, 명석한 몇 줄에 그 모든 이야기를 다 담을 수도 있었을 것이다. 이 일화를 이처럼 고착시키는 것이 바로 글쓰기의 우연이고 절망이다, 내가 그것을 찢어버리고 다시 시작할 때까지, 언제까지나, 항상 똑같이, 미칠 지경까지, 침묵까지.

나는 야니에게 말했다. "일 년 전에, 정확하게 같은 시기에, 지금만큼 추웠어, 그리고 지금처럼, 나는 매일 오후, 버스를 타고 파리를 돌아다녔어, 오늘까지 이어지는 피곤과 거의 같은 피로감이 이미 그 당시에 있었는데도 불구하고, 생마르탱 운하의 다리들을 가로질러 아주 불결한 건물에, 엘리베이터가 없는 8층 다락방에, 그때 이미 화가였던 젊은 화가한테 가려고 말이야, 그가 나를 그린 것은 아니었고, 나는 다만 그 집 한구석에, 바닥에 놓인 작은 매트리스에서 잠을 자려고 갔을 뿐이었어, 계단을 오르느라 숨이 차고 지친 상태로 말이야, 그동안 그는 자기 작업을 계속했고, 아크릴 화를 문지르고 희미하게 만들면서, 전날 그린 형상을 다른 형상으로 감추기 위해 완전히 새로 그리기도 했지. 나는 그 청년을 아주 좋아했어, 하지만 사랑에 빠졌던 건 아니야. 나는 한 달 넘게, 매일 오후에 그의 집에 갔었어, 그를 만나는 건 매번 아주 큰 기쁨이었어, 그는 차를 내오고, 우리는 콕토 트윈스를 들었지, 그를 따라 관리실로 내려가 그에게 온 우편물 꾸러미를, 오려낸 그림들로 봉투를 꾸민 그의 누이의 편지들을, 그의 부모님이나 회화 수업 친구들이 보낸 편지들을 찾는 것을 볼 때 나는 무척 행복했어, 그의 집으로 가는 길에 있는 생마르탱 운하의 다리를 건너갈 때면 그의 집 창문에 불이 켜져 있는지 살펴보았어, 다락방 가운데 창문에 불이 꺼져 있으면 나는 때로 지독하게 슬퍼졌지, 편지를 보내는 일이 드문 시절이었지만, 그는 나에게 편지를 썼고 나는 그에게 답장을 했어, 그래서 나는 그 청년과의 우정이 우리 생애 동안 내내 지속되리라 생각했어, 그가 나와 함께 살 거라고, 그가 나의 집에서 그림을 그릴 거라고, 그가 그림을 그리면서 편안하게 있을 수 있도록 나는 내 아파트 전체를 뒤죽박죽으로 만들 거라고 생각했지. 나는 그를 빌라로 초대하며 로마에 며칠 오라고 했어. 나는 그를 찾으러 공항으로 갔어. 속히 그를 다시 만나고 싶었지, 나는 곧 일어날 일에 대해 조금도 의심하지 않았어. 나는 그를 기다리고 있었어, 비행기가 연착했고, 프랑스 사람들 대신 영국 사람들이 내렸고, 프랑스 사람들은 움직이지 않는 텅 빈 무빙워크 주위에 유리문이 열리는 공간 뒤로 모여 있었어. 아주 저 멀리, 여권 심사 통로에서, 나에게서 수십 미터 떨어진 곳에서, 그 젊은 화가가 오고 있는 게 보였어, 아주 작은 점이었지만 나는 알아볼 수 있었지, 그런데 곧, 완전히 예상하지 못한 방식으로, 그가 나에게 혐오감을 불러일으킨 거야, 나 스스로에게도 내가 너무 사납게 인상을 찌푸리는 게 느껴져서 나는 유리문 구역 밖으로 피하면서 사각 기둥 뒤에 숨어, 찌푸린 인상을 감춰야 했어. 혐오감은 점점 더 고조되었는데 그에 비하면, 나는 일주일 동안 정중하게 사랑의 코미디를 연기한 셈이지. 로마에서 돌아온 후 나는 그 청년을 다시는 보지 않았어. — 나에게도 정확하게 그와 같은 방식으로 일이 진행될 거야", 야니가 말했다, "지금은 네가 나를 좋아하지만, 언젠가는 내가 너에게 혐오감을 불러일으킬 거야, 너는 더 이상 나의 그림을 좋아하지 않을 거고, 내가 너를 그린 초상화들도, 내가 너에게 가지고 있는 우정도 더 이상 좋아하지 않을 거야."

레나에게 다시 갔다. 줄리엣에 따르면 비자가 나올 것이었다. 그녀는 나에게 백지수표를 써달라고 요구했다. 우크라이나 호텔에는 빈 방이 없었다, 비고가 사라진 곳이지만 우리는 어쨌든 로시아 호텔에 투숙해야 했다. 레나는 나에게 미네랄워터를 가져가라고 조언한다, 적어도 처음 며칠 동안을 위해서라도, 복통을 일으키지 않는 물을 암거래 시장에서 찾아낼 동안만을 위해서라도. 레나는 데트리아코브 화랑이 불확정적인 기간 동안 문을 닫았다고 알려준다. 레나는 영하 10도는 될 거라고, 비유캠퍼 상점에서 봐둔 털이 들어간 부츠를 사는 게 좋을 거라고, 실크 양말과 귀 덮개가 달린 중국식 푸른 모자도 있어야 한다고 말한다. 레나는 우리가 12월 20일, 비고의 생일에 모스크바에 있을 거라고 말한다. "비고가 마흔 세 살이 되는 날이에요." 레나는 도무지 그것을 믿지 못하겠다는 얼굴로 말한다. 그녀는 붉은 광장에서, "비고, 우리는 너를 사랑해"라고 쓴 현수막을 이백 개의 풍선에 매달아 띄우고 싶어 한다. 나는 가스가 빠진 풍선을 가져가는 것은 가능하다고 말하고, 루지에리 상점에 들러 사겠다고, 하지만 헬륨이 필요하다고 말한다. 줄리엣은 우리가 그녀와 함께, 그리고 조셉과 함께 떠나는 조건이라면 풍선을 날리는 것도 충분히 생각해볼 수 있을 것이라고 말한다. 나는 레나에게 세관에서 약을 몰수하면서 나를 체포할까봐 겁이 난다고 말한다. 레나는 가루약 봉투를 살펴보고, 그 무게를 가늠해보았다, "나는 분말 형태의 우유라고 둘러댈 거예요." 그녀의 이야기에 따르면 우리는 몹시 허기질 것이다, 따라서 우리는 수 리터의 물 대신에 캐비어를 가져갈 것이다. 그녀의 얼굴은 완전히 발그스레하다, 그녀는 아주 작다, 그녀는 코냑을 마신다, 그리고 나는 이 여인과 함께, 영하 20도의 추위에, 이 결핍의 시간에 모스크바에서 무엇을 할지, 갑자기 자문해본다.

야니와 게르투르드 사이에 언쟁이 오가며 분위기가 험악해진다. 게르투르드는 은행 잔고에 더 이상 돈이 없다고 말했다. 야니는 그의 그림들을 작품 당 칠십만 프랑에 판매한다, 한 달에 스무 점은 족히 그리는데 은행에 더 이상 돈이 없다는 것이다. 그녀는 크리스마스 선물 준비 비용으로 현금 오천 달러를 요구한다. 그는 거절한다. 그가 말한다, "독일 화랑에 백만 달러가 있어, 그걸 가져오라고 하면 돼." 게르투르드가 반박한다, "프랑스 국세청이 우리를 궁지에 몰아넣을 거야." 야니는 사업 담당자가 필요하다고 주장한다. 게르투르드는 거절한다. 그녀는 요리, 집안일, 회계 등 모든 것을 자신이 하고 싶어 한다. 그녀가 말한다, "5일 동안 에르베의 그림 스무 점, 젠장, 그건 너절한 것일 거야." 쥘도 나에게 똑같이 말한다. 그들이 질투하고 있다. 야니가 이미 다른 수집가에게 판매한 그림을 되찾아보려고 여성 팝 스타가 파리에 왔다, 그녀는 야니에게 무엇을 그리고 있는지 묻는다. 야니가 대답한다, "에르베의 초상화들." 보디빌딩을 하는 여성 록 스타는 야니에게 자신의 초상화를 그려준다면 아주 비싼 값을 치를 준비가 되어 있다고 말한다, 야니는 그녀에게 대답은 이미 했다고 잘라 말한다, "나는 아무나 그리지 않아요." 야니는 쥘이 그에 대해, 우리의 작업에 대해, 우리에 대해 질투하는지 나에게 묻는다. 그것은 사실이 아니다. 적어도 여섯 달 전부터 성관계를 갖지 않았지만, 쥘과 나, 우리는 다시 성교했다. 그것은 예사롭고 이상야릇하고 강렬했다.

야니는 사업상의 만남은 그의 아틀리에에서 가까운, 19구 다비드-당제로路 마르셀 세르당 수영장에서 했다. 초등학생들 수영 수업이 한창인 때에 그의 공증인, 은행가, 독일인 판매업자, 위작 문제 담당 경찰들이 수영복 차림이나 가운 차림으로 와야 했다. 야니는 5억의 융자를 받아내기 위해 만난 은행가의 복부에 털로 덮힌 약간 통통하고 희끗희끗한 선을 뚫어지게 바라보거나, 아니면 그의 공증인이 입은 수영 팬츠의 늙수그레한 모티브를 호기심을 가지고 상세히 들여다보면서 다음과 같이 말했다. "노형, 이런 수영복을 더 이상 만들지 않은 게 적어도 50년은 되었겠소. 내가 현대미술 박물관을 위해 노형에게 그것을 사겠소." 과도한 식사를 증거로 마치 범죄 현장에서 적발된 것처럼 복부가 드러난 은행가는 순순히 돈을 지불했다. 야니와 함께 그림 판매 수수료 비율을 결정하는 독일인 판매업자는 그의 파트너 몫의 비율을 낮추기 위해 자신의 몫의 비율을 정기적으로 올리는 논의를 하는 동안에 붉은색으로 가장자리를 접어 감친 거대한 흰 가운은 절대로 벗지 않았는데, 그는 가운 속에 위가 불룩하고 옆구리에 단추가 달린 헐렁헐렁한 펠트 천 골프 바지를 입고 있었다. 그나마 징이 박힌 긴 장화는 벗고 조수에게 시켜 프리쥐닉 슈퍼마켓에서 사온 삼색의 고무 샌들로 갈아 신었다. 독일인 판매업자는 그처럼 작은 것에 돈을 낭비하는 것을 몹시 싫어했다. 마르셀 세르당 수영장에서 약속이 있을 때마다 매번, 그는 적어도 수

백만 달러를 이미 잃은 것이었다. 그는 한 해 동안 만남의 횟수를 줄이려고 노력했다. 수영장 입구에서 기다리던 운전기사를 다시 만날 때면, 한 손에는 남루한 고무 샌들을 들고, 다른 손에는 화가 나서 마구 둘둘 감은 타월을 패전 투구처럼 들고, 철저하게 돈이 뜯긴 채, 우울하게 축 처진 수표책을 들고 나타나, 쥐새끼 같은 도둑으로, 또한 인정사정없는 사람으로 운전기사를 취급하면서 그에게 울분을 풀었다. 그러면서도 그는 경찰들을 만나기 위해 수영장에 남아 있는 화가를 생각했다. 이렇게 야니는 그의 사업상 약속을 한데 모아 한 달에 반나절을 할애했다. 오직 경찰들만이 커다란 수영장 물속으로 쾌활하게 뛰어들었다. 공증인은 자신이 수영할 줄 모른다는 것을 알리고 싶어 하지 않았다. 예술 작품의 위조나 도난에 맞서 싸우는 국제 여단 경찰들은 진정한 아이들이 되어 있었다. 그들은 견갑골까지 트임이 있는 초록빛의 두꺼운 방수 모직 망토를 탈의실에 맡겨놓고, 은행가의 복부만큼이나 불룩했지만 야니가 범죄 현장처럼 지적할 수는 없었던 뚱뚱한 배 위로 수영복 팬츠의 허리 고무줄을 튕기며 소리를 냈다. 또한 그들은 초등학생들에게 다가가 잠수용 튜바를 빌렸다. 그들은 코집게까지 착용했다. 그들은 점벙거렸다. 그들은 욕설을 퍼부었다. 그들은 풍덩거리고 잔물결을 내면서 시시덕거렸다. 그들은 도단당한 고야 그림을 회수하러 프랑스 북부로 가기 위해 새벽 4시에 일어나야 했었다. 그들은 온종일 자동차로

달렸다. 지금 고야 그림은 사법 경찰의 금고 속에 있다. 그들은 이제 긴장을 풀고 휴식을 취하는 것이다. 야니는 수영장 전체에서 가장 놀랄만한 수영복을 입고 있다. 완전히 닳아 해진, 얼룩진 인조 가죽으로 큰 살쾡이를 모방해 만든 어린이용 수영복으로, 그의 허리를 죄고 가랑이 안쪽 부분은 꽉 끼는 것이다. 그는 그 수영복을 코르푸에서도 착용했었다. 그가 십 대였을 때, 바다로 들어가 죽어가는 문어들로 수영복을 가득 채우면서 고기잡이를 다니던 그때, 수영복 고무줄을 배 위로 당기면 보이던, 허벅지에 붙어 수영복에서 삐죽 삐져나와 수치심을 느끼게 했던 단단하고 작은 성기를 문어들 속에 묻어버리던 시절이었다. 그가 도라와 함께 수영을 할 때는, 해변에서 도라의 부모님이 그를 볼까 두려웠기 때문에, 그의 성기가 수축될 때까지 그는 물 밖으로 감히 나오지 못했었다. 그런데 그가 발기를 풀려고 집중하면 할수록 그의 성기는 더욱 단단해졌었다. 그는 호흡을 멈추고 도라의 가랑이 사이로 잠수했으며, 그녀의 엉덩이에 매달렸고, 잊지 못할 조가비의 장밋빛 외음부를 보기 위해 물속에서 그녀의 수영복을 벗겼었다. 경찰들이 야니에게 말한다. "우리가 무엇을 해줄 수 있을까요? 당신에게 뭐 필요한 게 있나요? — 네", 야니가 대답한다. "약간의 코카인이요."

3년 전부터 야니는 베르사유 경매장에서 팔린 일련의 그의 위작 판권 명목으로 돈을 받고 있었다. 게르투르드는 은행 출납 명세서를 자세히 관찰하긴 했지만 그런 사실에 주의를 기울이지 않았다. 야니 역시 경매 카탈로그에서 소위 그의 그림들이라는 것들 중 하나가 흑백으로 복사되어 나온 것을 보았을 때, 그것에 주의를 기울이지 않았다. 야니는 아마도 그 존재마저 까맣게 잊고 있었던 그 그림에서 뚜렷하게 드러나는 형편없는 품질에 난처하고 부끄러웠던 것 같다. 그는 다만 생각했다. '도대체 그들이 어디에서 이것을 찾은 거야? 쓰레기통에서 찾아낸 것일지 모르겠군. 내가 없애버린 형편없는 중복된 그림들 중 하나일지 몰라. 아니면 내가 옛 약혼녀에게 선사했던 그림일지도 모르겠군. 그런데 그 여자가 뻔뻔스럽게 그것을 경매장에 내놓은 것일지 몰라.' 야니의 도움으로 경찰들이 진행한 조사를 통해, 이 암거래의 시초에는 휠체어에서 꼼짝 못하는 마비 환자로 얼마 전에 출산을 한 여인이 있다는 것이 밝혀졌다. 야니의 작품을 수집하고 그 중 진품 하나를 소유하고 있는 그 수집가 여인은 야니의 그림들의 재고를 알아보기 위해 여러 화랑들과 접촉했는데, 그중에 툴루즈에 있는 A. S. 화랑도 있었다. 그 화랑을 운영했던 M. 카머라는 사람은 자신에게는 처분할 수 있는 야니의 작품이 아무것도 없지만 그것을 손에 넣을 수 있는 방법을 알고 있다고 말했다. 그다음 단계는 실패한 화가인 그의 친구 B.에게 죽도록 일하게 하여 모든 시기의 야니의 작품 서른 점을 위조하도록 하는 것이었다.

한 달 후에 마비 환자 여인에게 다시 연락한 M. 카머는 그녀에게 말했다. "야니의 작품 서른 점을 소장한 수집가를 찾아냈어요. 나에게 넘겨 줄 용의가 있는 것 같아요. 얼마를 지불할 수 있습니까?" 이득이 되는 거래를 한다고 생각한 마비 환자 여인은 에누리 없이 오십만 프랑에 그중 한 점을 구입하고, 다른 것들은 친구들에게 되팔거나 아니면 경매용으로 보관하겠다고 M. 카머에게 제안했다. 이렇게 하여, 마비 환자 여인은 위조된 그림들을 3년 동안 은닉한 사람이 되었고, 그녀의 말에 따르면 그녀로서는 전혀 예상하지 못했던 암거래의 중심 중개인이 되어 있었다. 베르사유 경매장의 전문가나 경매인과 마찬가지로 마비 환자 여인, 실패한 화가, 썩어 빠진 그의 판매업자 등 이 사건에 연루된 모든 사람들은 예외 없이, 조사가 진행되는 동안 어느 한순간에 경찰들 앞에서나 야니 앞에서, 울음을 터뜨리며 무너져 내렸다. 반면, 처음에는 그들 모두 일종의 건방진 태도를 보이며, 야니의 면전에서 비웃으면서 또는 그를 위협하면서 거만하게 굴었다. 베르사유 경매인은 그에게 말했다. "당신은 내가 그런 가격에 당신의 시시한 그림들을 판다는 것에 만족해야 할 겁니다. 그렇게 해서 당신의 공식 시세가 올라갈 테니까요." 마비 환자 여인은, 야니의 친구인 화가 P. F.가 나에게 말해주었던 그대로, 처음에는 그것이 야니의 젊은 시절 작품들이라고 주장했고, 야니가 그것들을 가지고 어떤 이득도 얻을 수 없기 때문에 그 작품들의 존재를 부정하고 그것들을 없애고 싶어 하는 것이라고 주장했다.

12월 11일 화요일, 게르투르드가 그림들을 보기 위해서 아틀리에에 다녀갔다. 나의 집에서 완전히 첫 작품인 어릿광대 모자를 쓴 나이 먹은 어린애 그림을 보고 미친 듯이 웃음을 터뜨린 걸 말고는 아직 아무도 그림들을 보지 못했다. 야니는 전날 밤 계속 작업한 그림, 어쩌면 마지막일 수 있는 그림 뒤에 목탄으로 검은색 원을 두른 숫자 '25'를 막 적어 넣은 참이었다. 일주일 동안 그는 나의 초상화 스물다섯 점을 그린 것이었다. 반면, 함께 산 지 7년이 되도록 야니는 게르투르드의 초상화를 한 번도 그린 적이 없었고, 목이 잘린 기린 형상으로 그녀를 그린 것을 제외하면, 단 한 번도 그 어떤 데생조차 하지 않았다. 야니의 커다란 폭우 그림들 중 하나에 기대어 놓여 있는, 순서대로 줄지어 놓인 이 모든 그림들에 대해 그녀는 질투심을 느끼지 않았을까? 절단기로 줄무늬를 새긴 캔버스에 그려진, 뭉게뭉게 피어오르는 수증기와 그 색의 섬세한 뉘앙스, 물안개에서 가벼이 퍼지는 장밋빛, 눈에 잘 보이지 않는 무지개 흔적의 초록빛들을 담은 이 폭우 그림들은 초상화가 그려지는 동안에 나와 함께 있었다. 잠시 쉬는 시간이면 나는 포즈를 취하느라 굳은 다리를 편안하게 풀기 위해 담배를 피우며 아틀리에 안을 왔다 갔다 했다. 그러다 항상, 가로 2미터 세로 3미터 크기의 그 커다란 폭우 그림들 중 하나 앞으로 가 서 있었다, 그림을 보려고 고개를 들면서, 뒤로 물러서면서, 앞으로 다가서면서, 손바닥 끝으로 그림의 재료를 살며시 스치면서, 그 색깔들의 신비로움 속에서 몽상에 잠겨 있었다. 게르투르드는 그 전날 나에게 전화를 걸어, 그녀와 같은 날, 1월 16일, 에어 아프리카로, 우아가두구행 비행기 편을 예약하는 것이 좋겠다고 했다. 야니의 독일인 판매업자 역시 우리와 함께 가기로 한 것이 분명했다, 우아가두구로 가는 여정에서의 트리오, 즉 옆구리에 단추가 달린 펠트 바지를 입은 쾰른의 그림 판매업자, 빨간 모자를 쓴 해골, 목이 잘린 기린을 함께 상상하기란 어려웠다. "15일에 전쟁이 일어난다면", 게르투르드가 덧붙여 말했다, "엠바고 때문에 15일로 결정된 미국의 최후통첩이 있다는 것을 당신도 알겠지만, 나는 가지 않을 거예요, 위험이 너무 클 것 같아요, 당신은, 당신이 야니와 하고 싶은 대로 해요." 야니가 보험 문제로 건강 진단서가 필요했기 때문에 그녀는 그를 위해서 내 주치의 연락처를 물어보았었다. 12월 11일, 그 화요일에, 야니는 몹시 신경질이 나서, 내가 한 번도 본 적이 없는 긴장한 모습으로 아틀리에에 도착했다. 나는 일찍 도착해, 라인과 다뉴브 광장에서 추위를 피해 들어간 파리지엔 카페 의자에 앉아 그가 오는지 살피고 있었다, 그 광장에는, 나이 든 여자 택시 운전기사가 방금 말해준 바에 따르면, 2년 전까지만 해도 헤롤드 병원이, 병든 아이들을 받아주던 아주 오래된 건물의 병원이 여전히 세워져 있었다고 했다. 나는 영화 제목들이 잇달아 흐르는 비디오 상점의 빨간 광고판을 보고 있었다. 〈죽음에 맞서〉 〈암흑의 천사〉 〈생지옥 같은 밤의 기억〉 〈나를 안아줘〉 〈흡혈귀〉 〈죽음의 강〉 〈하얀 고요〉가 차례로 지나갔다. 나는 75번 버스에서 내리는 야니를 보았다. 야니는 절대로 쓰지 않겠다고 했던 챙 달린 모자를 쓰고 빠른 발걸음으로 아틀리에 쪽으로 가고 있었다. 나는 게르투르드와 함께 건배하기 위해서, 또한 그 누가 알겠냐만, 우리의 작업의 결과를 축하할 수도 있었으므로, 샴페인 한 병을 가져왔었다. 야니는 당장 화를 낼 기세였다. 그 전날, 그는 예술 작품 도난과 위작 문제에 전문화된 국제 범죄퇴치 부서의 경찰들과 함께 온종일을 보냈다. 그들의 사무실에서 베르사유로, 경매인에게로, 그러고 나서 그림들을 은닉했던 그 마비 환자 여인의 집으로, 그들은 그를 이리저리 데리고 다녔다. 야니에게는 해외협력부에 다시 들를 시간만 겨우 있었을 뿐이다. 그가 코트디부아르, 부르키나파소, 말리의 국경을 넘는 데 필요한 통행증을 신청해놓은 곳이었다. 책임자들은 통행증을 약속했었는데, 결국에는 그것을 거절했다. 그들은 이런 폭동의 시기에, 게다가 근방에서 전쟁의 징후가 보이는 시기에 아프리카를 여행하는 것은 미친 짓이라고 말했다. 사막에서는 투아레그족이 권력을 차지하겠다고 위협하고 있었다. 이웃 국가들에서는 마치 비가 쏟아지듯 계속해서 쿠테타가 일어났다. 같은 날, 그의 독일인 판매업자는 야니에게 전화를 걸어, 1월 15일로 결정된 최후통첩일에 미국이 이라크를 침략한다면 야니를 방문하려던 계획을 포기하겠다고 말했다. 게르투르드와 마찬가지로 그도 마지막 순간에 취소할 수 있도록, 16일자 에어 아프리카 비행 편을 예약한 것이었다. 프랑스인 판매업자는 이런 전쟁의 위협에서 파생되는 위기의 결과를 걱정했다, 더 이상 그 어떤 예술 작품도 소더비 경매에서 팔리지 않았다, 리즈 테일러의 반 고흐 작품들과 알랭 들롱의 르느아르 작품들은 작품 운반구 위에 그대로 남아 화제가 되었다, 크리스티사는 10퍼센트 감원을 단행했다. 야니도 그의 공식 시세가 폭락하는 것을 보게 될까 걱정했다. 그는 독일인 판매업자의 주선으로 자신의 그림들 중 하나를 십오만 달러에 재구매하도록 시켰다. 그리고 그는 문제의 그 니바키네를 섭취한 나머지 정신을 잃지 않을까 걱정했는데, 이제 들리는 소문에 따르면, 그것은 말라리아로부터 보호해주지 않을 뿐 아니라 사람을 미쳐버리게 만든다는 것이었다. 모든 것이 무너져 내렸다. 프랑스인 판매업자는 백만 프랑 이상의 비용이 드는 석판화집을 더 이상 공동 제작하고 싶어 하지 않았다, 심지어 그는 언론 보도 예약과 노동임금을 책임지고 싶어 하지 않았다. 야니는 임금을 지불하기 위해서 노동자들에게 그의 그림들을 주어야만 했다. 그의 은행가는 마레 지역에 위치한 그의 새 아틀리에 공사를 위해 승인했던 대출을 중단하고 싶어 했다, 그런데 그는 예전의 아틀리에를 아직 처분하지 못하고 있었다. 누군가 벨을 눌렀다, 우리는 게르투르드라고 확신했다. 야니는 큰 그림을 다시 시작했는데, 전날 막 시작된 것이었고, 그가 했던 작업 중에 가장 큰 그림이었으며, 노란 색조의 혼합에 적합한 완벽한 목탄화였으나, 그의 신경질이 체계적으로 망가뜨리고 파괴하고 있었다. 우리는 그때 게르투르드와 샴페인을 기다리면서 맥주를 마시고 있었다. 야니의 스페인 애인에게, 아니면 힐튼 호텔로 전화를 걸어달라고 부탁한 보고타의 판매업자에게 야니가 없다고 대답하기 위해서 복층의 힘든 계단을 올라갔던 게 나였으므로, 아틀리에의 문을 열러 간 사람 역시 나였다, 나는 야니의 모델인 것에 더해 그의 비서가 된 것이었다, 완전히 게르투르드처럼 된 것이었다, 하지만 그녀는 그의 모델인 적이 없었다. 그 문제는 한 번도 거론된 적이 없었다, 게르투르드를 목이 잘린 기린으로 표현한 은유적인 그림, 아무리 그래도 그렇게 이상한 방식으로 그녀를 표현한 그 그림을 제외하면 야니는 한 번도 그녀의 초상화를 그리지 않았다. 나는 코르푸 이후 게르투르드를 다시 보지 못했었다. 나는 그녀를 맞이하기 위해 "안녕하시오, 무슈"라는 멍청한 문장을 준비했었다, 실제로, 내가 문을 열었을 때 나와 마주해 말을 건넨 사람은 어떤 남자였고, 소위 디드로 센터를 찾는다면서 벽에 걸려 있는 야니의 큰 그림들 쪽으로 집요하게 시선을 던지던 자주빛이 감도는 피부의 마약 상습자 같은 젊은이였다. 게르투르드는 십여 분 남짓 늦게 도착했다, 고상하고 우아하게 단장한 그녀는 가늘고 섬세한 가슴 위로 V 형태의 네크라인이 깊게 파인 완전히 검은 옷차림을 하고서, 거기에 길고 푸른 실크 스카프를 두르고 색이 옅은 양말을 신고, 지나치게 굽이 높은 구두를 신고 서툴게 걸으며 수줍어했고, 틀어 올린 그녀의 머리카락은 한 뭉치로 모여 있었는데, 그전까지만 해도 내가 보았던 그녀의 모습은 항상 머리를 하나로 묶거나 전부 풀어헤친 모습뿐이었다. 전에 없던 게르투르드의 이 이미지는 내가 코르푸에서 닷새 동안 그녀와 함께 생활하면서 간직한 이미지, 즉, 집 안에서 맨발이거나 두꺼운 편직 양말을 신고, 무릎까지 내려오는 스웨터를 입고 돼지 구유에 가져갈 양동이를 들고 있는, 볼품없는 키 큰 여자의 이미지와 전혀 일치하지 않는 것이었다. 게르투르드는 초상화를 보고 싶은 조바심을 드러내지 않으려고 주의하면서, 어쩌면 일종의 원망과 함께, 젊은 어머니가 이마에 입맞춤을 해주는 어린애처럼 단번에 몸을 움츠린 야니를 포옹하러 갔다. 게르투르드는 그러면서 그녀의 옷가지를 의자 위에 놓으려고 했다, 그런데 푸른 스카프와 검은 망토가 아틀리에의 더러운 바닥으로 떨어져버렸다, 그녀는 그것을 모른 체했고, 야니가 조수를 시켜 연대순으로 분류해놓은 그림들을 팔짱을 낀 채 하나씩 살펴보았다. 작업대 위의 새로운 커다란 그림은 점점 더 처참해지고 있었다. 우리는 초상화들을, 우리의 초상화들을 바라보는 게르투르드를 바라보았다. 그녀의 턱이 경련을 일으켰지만, 그녀는 조금이라도 속내를 내비치고 싶어 하지 않았다. 그녀가 그림들을 몹시 싫어한다는 것은 확실해보였고, 이런 작업을 하도록 야니를 부추기며 도와준 나를 혐오하는 것도 분명했으며, 열흘이라는 시간 동안 스물다섯 점의 그림을 그릴 정도로 거기에 순응한 그를 혐오하는 것도 분명해 보였다. 그녀는 그림들의 다양성, 특히 그 크기를 몹시 싫어했다. 그녀는 뾰족한 그녀의 굽으로 그림들을 찢어버릴 수 있었을 것이다. 그녀는 가능한 가장 냉정한 목소리로 가까스로 자신을 억제하며 그림을 그대로 내버려두었다. "내가 생각했던 것보다는 덜 나쁘네." 나는 마르지 않은 물감, 먼지, 야니의 담배꽁초로 더러워진 게르투르드의 옷가지를 주으러 갔다. 야니는 샴페인 병을 열었다. 게르투르드는 내 왼편에, 내가 포즈를 취했던 스툴 위에 앉았다. 야니는, 우리가 그 시간들을 견디려고 마셔버린 빈 샴페인 병들과 맥주 캔들이 쌓여 있는 테이블의 다른 쪽에서 등을 구부린 채, 나에게 사용하려고 파란 하늘빛으로 밑칠해둔 작은 캔버스들 중 하나를 잡았다. 그리고 나에게 이야기하면서, 목탄으로 게르투르드를 그리기 시작했다. 게르투르드는 그때도 마치 아무것도 알아채지 못한 것처럼 행동했다. 나는 그녀의 아름다움에 넋을 잃었다. 이제는 내가 그녀에게 질투심을 느꼈다. 야니가 바라보고 그리는 대상이 더 이상 내가 아니었기 때문이다. 그리고 나는 더 이상, 나를 바라보며 나를 그리는 야니에 의해 정신이 몽롱해질 수 없었다. 그의 시선이 우리의 것과는 전혀 다른 친밀함에 사로잡혀 있었기 때문이다. "나는 눈을 감고도 게르투르드의 누드를 그릴 수 있을 거야", 그가 말한다. "나는 그녀의 몸의 세부적인 특징을 전부 손으로 감지해서 속속들이 잘 알고 있거든." 나는 그들을 남겨두고 빠져나오기 위해 저녁 식사 약속이 있다고 우겼다. 로뱅이나 내가 늘상 하던 일은 아니었지만 나는 느닷없이 로뱅 집에 나타날 거였다. 야니는 내가 거짓말한다고, 내가 거짓으로 지어낸 주소에, 그런 주소가 있다고 아무도 믿지 않는, 특히 흑인 택시 운전기사들은 믿지 않는 바르바네그르라는 그 길에 내려달라 하는 것이라고 예상했다. 그날은 야니와 게르투르드의 마지막 저녁 시간이었다, 그녀는 운전면허 시험을 치르기 위해 다음 날 네덜란드로 떠났다. 나는 그녀에게 속삭였었다, "떠나지 말아요!" 그녀는 나에게 왜냐고 물었었다. 그래서 나는 붓을 닦는 야니의 등 뒤에서, 그녀 없이는 방황하는 어린애일 뿐인 그가 권총으로 머리를 쏘아 자살하는 제스처를 해보였었다. 지금은 그런 제스처를 취한 것을 후회하고 있다, 나는 게르투르드가 그것을 야니에게 말할 것이라는 것을 알고 있고, 야니가 나에게 그 일을 나무랄 것을 알고 있기 때문이다. 포즈를 취할 시간이 또 있을까?

12월 16일 일요일, 나는 에어 프랑스 비행기, 파리-모스크바 AF 734 편으로 레나와 함께 여행했다. 우리 둘 다 새벽 5

시에 일어났다. 그리고 루와시 공항 수하물 등록 창구 앞에서 만났다. 간밤에 레나는 희미한 촛불 아래에서, 작은 잔으로 보드카를 연거푸 들이키면서 구명 식량과 줄리엣이 비유캠퍼 상점에서 구입한 작은 에너지 패널들로 가방을 채워 넣으며 온 밤을 보냈다. 줄리엣이 그들의 침대에서 잔 것인가? 아침 6시에 레나와 함께 공항에 온 사람이 바로 줄리엣이다. 레나는 어쨌든 늦을 거였다. 그녀는 완전히 보라색 옷차림에, 머리에는 모피 모자를 쓰고, 미끄럼 방지 장화를 신고서, 얼이 빠진 채, 긴 대기 행렬로 급히 다가섰고, 그녀 뒤로는 스키복장을 한 줄리엣이 이미 미심쩍게 보이는 아주 커다란 레나의 가방을 들고 따라왔다. 나는 그 전날 화랑에 들러 나의 비자와 비행기 표를 찾았고, 비고의 생일인 12월 20일에 붉은 광장에서 레나와 함께 날릴 색색의 풍선 수백 개를 가져다주었다. 나는 다만 풍선 몇 개만이라도 부풀릴 수 있는 작은 헬륨 압축캔이 있는지 보려고 뤼지에리 상점에 갔었다. 그런 건 전혀 없었다. 아주 커다란 병들. 레나가 이 헬륨 병을 끈으로 묶어 배낭처럼 등에 지고 공항에 있는 모습을 상상하면서 상점 구석에서 무게를 헤아려본 바로도 역시나 지나치게 무거운 병들밖에 없었고, 이렇게 커다란 대여용 헬륨 병은 풍선을 오십 개나 백 개쯤 부풀릴 수 있는 것인데, 어쨌든 모두 크리스마스에 맞춰 예약된 것들이었다. 때마침 나는, 천오백 프랑의 보증금을 걸고 예약한 헬륨 병을 찾으러온 사람들 중 하나를 만났다. 검은 모피 외투를 입고 검은 안경을 쓴 여인이었다. 억센 사투리 억양으로 말하는 그녀는 꿈에 부풀어 들뜬 아이들과 함께 있었다. 나는 여점원에게 풍선 하나를 불어줄 수 있는지 물어보았다. 그러면 우리는 당장, 보지라 대로에서, 화랑 앞에서, 금방이라도 쏟아질 것 같은 눈을 가득 머금은 잿빛 얼어붙은 하늘로 풍선을 날려 보낼 것이라고 했다. 나는 빨간 풍선을 요구할까 머뭇거렸다. 그런데 상점 뒤쪽을 비추는 거울에 그녀가 마침 빨간 풍선을 고르는 것이 보였다. 실종된 남자를 찾기 위해 풍선을 날리는 거라고 나는 웃으며 말했다. 그녀는 내 말을 믿지 않았다. 내가 수백 개의 풍선과 부풀어 오른 빨간 풍선을 가지고 상점으로 갔을 때 레나는 보드카로 가득 찬 잔을 책상 아래로 숨겼다. 빨간 풍선을 건네자 곧바로 그녀는 작은 비명 소리와 함께 그것을 날렸다. 풍선은 곧 천장의 등에, 그것을 터트릴 수도 있는 환한 조명들 중 하나에 부딪칠 것 같았다. 줄리엣이 셔터를 내릴 때 쓰는 쇠 곡괭이를 찾으러 갔다. 곡괭이는 풍선을 겨우 스쳤을 뿐인데도 풍선은 곧바로 터져버렸다. 비고를 위해서 그 기원을 띄우는 문제는 더 이상 거론되지 않았다. 레나는 예루살렘에 있는 그녀의 어머니가 당신 아들을 찾기 위해 예언자들과 수도승들에게 부탁해 착수한 과정들을 알려주려고 끊임없이 팩스를 보낸다고 말했다. 어머니가 팩스 사용법을 알고 난 후부터, 그래서 팩스를 장만한 후부터, 딸에게 복사 용지들을 마구 보내는 것이었다. 가장 최근의 보고에 따르면, 어떤 택시 운전기사도 가고 싶어 하지 않는 예루살렘의 아랍인 구역으로, 나이 든 마술사인 선지자 집으로 그녀가 인도되었다는 것이었고, 선지자가 단언하기를 21일 이내에 죽었거나 살아 있는 비고를 보게 될 것이라고 했다는 것이었다. 예언자는 비고가 머리에 끔찍한 타격을 받아 기억을 잃게 되었으며, 바닷가에 있는, 병원이라고는 할 수 없지만 일종의 병원 같은 시설에서, 치료사인 동시에 엄격한 감시인인 다섯 사람에게 치료를 받았다고 했다. 이런 주장은 로스엔젤레스의 아르메니아인 예언자가 내놓은, 화물 선창이라는 주장에도 신빙성을 조금 더해주었다. 카스케트를 쓴, 순수하고 난폭하며 특별한 고통을 겪어 곧바로 현명하다는 것을 알아볼 수 있었던 아이가 그려진 50년대 중국 먹을 그 전날 나에게 생일 선물로 주었던 레나는 그 초상화, 아틀리에에서 가방을 들고 있는 젊은 남자를 그린, 화가 라브렌코의 습작들을 나에게 보여주었다. 레나가 말했다, "이 그림 제목은 〈고별을 위한 습작〉이에요. 이 습작들 대부분은 완성된 그림들보다 더 아름다워요, 그렇지 않나요?" 나의 최근 작품에 적혀 있는 생각을 다시 듣는 것 같은 느낌을 받았다. 나는 레나에게 다음 해 초에 그녀가 그 그림을 나에게 파는 일에 동의할 것인지, 가격은 얼마가 될지 물었다. 그녀는 목록을 살펴보았다, 그리고 나에게 대답했다, "당신에게는, 삼만."

레나가 항공사 창구의 대기 줄에서 나를 알아보더니 웃음을 터뜨렸다. 나 역시 비유캠퍼 상점에 갔던 것이었다. 나는 양모로 안을 댄 신발과 우주 비행사나 등반가들을 위한 비상식량 크로켓을 구입했고, '중국과 아시아 상사'에서 여점원은 토끼털이라고 하고 내 친구들은 고양이 털이라고 하는 비단처럼 부드러운 모피로 안을 댄 중국식 파란 모자를 찾아냈으며, 모자와 같은 모피를 댄 파란 벙어리장갑을 구입했던 것이었다. 나는 주크가 나에게 추천한 산딸기 맛 바이오 야쿠르트 열여섯 개짜리 가족용 대형 묶음, 안나가 추천한 분홍빛 화장지 두 롤, 그리고 레나가 말한 미네랄워터를 넣어왔고, 그것에 더해, 책으로는 메큐르 드 프랑스에서 한 권으로 모아 출간된 스트린드베리의 자전적 작품집만을 가지고 왔다. 나 자신을 위한 필기구는 아무것도 없었다. 로시아 호텔의 방 청소부로 가장한 2개 국어 사용자 수사관이 내가 일기를 쓰는 대로 곧바로 베껴 쓸 것 같아 몹시 겁이 났던 것이다. 박테리아가 들끓는 양치용 컵에 전열선으로 데운 스프와 야쿠르트로 식사를 때우면서 글쓰기 없이 지내는 6일. 세관 통과를 위해서 레나는 나의 사망일을 뒤로 미루는 약 봉투들을 그녀의 손가방에 넣어가고 싶어 했다. 비행기 안에서, 나는 그저 손 가는 대로 스트린드베리 작품집의 한 페이지를 펼쳤는데, 그것은 내가 두 달 전부터 써온 모든 글과 명백한 관련성이 있었다. 다시 말해서, 스트린드베리는 위작자의 무리들에게 괴롭힘을

당한다고 느꼈던 것이다.

레나는 모스크바에 도착해 세관에서 짐 검색을 받았다. 그들은 나의 생명을 일시적으로 지탱시켜주는 열두 개의 약 봉투를 즉각 압류했다. 그들은 라벨에 영어, 독일어, 프랑스어로 적힌 주의 사항들을 이해하지 못한 채로 읽었다. 그들은 내 용물을 살펴보기 위해, 경우에 따라서는 그것을 맛보거나 분석하기 위해 약 봉투 하나를 열려고 했다. 그때 레나가 그것은 우유 분말이라고 말하면서 약 봉투를 빼앗았다. 그리고 그녀는 열두 개의 약 봉투를 모두 손가방 안에 다시 넣었다.

나는 야니가 파리 재단사에게 만들어달라고 부탁한, 채플린 경이 재키 쿠건과 함께 알래스카에서 〈키드〉를 소개하기 위해 1921년에 맞춘 오리지널 외투를 본뜬 모피 외투를 입고 있다. 둘 다 나보다 작다. 그래서 내 팔목은 지나치게 짧은 소매 밖으로 비죽 나온다. 나는 양모로 안감을 댄 실크 속옷과 양말을 착용하고 있다. 중국식 파란 모자는 분명히 나와 어울리지 않는다. 나는 차라리 빨간 모자를 가져와 그 아래, 두건을 두르고 쓰는 편이 나았을 것이다. 영하 7도. 비고가 마지막으로 나타났었던 로시아 호텔로 우리를 데려갈 리무진이 기다리고 있었다. 나는 그가 머물렀던 방에 묵는다. 로시아 호텔에는 그럭저럭 괜찮은 방이 두 개밖에 없었다고, 레나는 나에게 설명했다. 그런데 레나는 오빠가 묵었던 방에 투숙하고 싶지 않았다고 했다. 나는 길에서 마주치는 사람들의 눈을 감히 바라보지 못한다. 그러면 곧, 그들의 배는 굶주림을 호소하는 것이고, 나의 시선은 나의 배의 포만감을 드러내는 것이라는 생각이 들기 때문이다.

나는 모스크바에서 야니의 외투를 입는다. 그는 카누의 항구도시 몹티에서 나의 수영복을 입는다. 나는 그에게 큰 사이즈의 그림을 넣을 수 있도록, 3년 전에 로마 여행을 위해 구입한 아연 가방을, 일단 물건을 가득 넣으면 나는 절대로 들 수 없었던 그 가방을 주었다. 로시아 호텔 14호에서, 목욕을 할 수 있을 정도의 뜨거운 물도 없이, 추위에 떨면서, 제대로 작동하지 않는 텔레비전 앞에 있기도 괴롭고, 스트린드베리를 계속 읽기도 힘들어서, 나는 비고가 실종되기 전 며칠 동안, 바로 이 공간에 있던 비고를 상상해보려고 한다. 나는 내가 비고라고 상상해보려고 한다, 레나가 21호실에서, 이미 오래전부터, 비고가 되어버린 것과 마찬가지다. 나는 누구나 느낄 수 있는 허기를 느끼기 시작한다. 이틀 전부터 나는 레나의 변호사가 암거래 시장에서 구해주는 캐비어만 먹고 있다. 나는 꼭 러시아 사람처럼 파인애플을 원했다. 레나는 다시 팔린 것으로 의심되는 그림들 문제로 만나야 하는 세관원들, 경찰, KGB와의 약속 때문에 온종일 뛰어다닌다. 그녀는 호텔 맞은편에 주차되어 있는, 그녀가 이동할 때마다 뒤를 따라오는 두 명의 남자가 탄 검은색 미국 자동차를 나에게 보여주었다. 나 역시 미행당하는 것은 아닌지, 나는 알아내지 못한다, 나는 그런 것에 관찰력이 좋지 않다, 그런 일에 도무지 익숙하지 않다, 그래서 나는 돌아보기가 두렵다. 매일 오후 5시 무렵에는 호텔에서 가까운 동성애자 카페에서 보내는데, 쥘이 알려준 이곳은 테이블보로 덮인 작은 원탁들과 오렌지색 전등갓과 아주 침울한 사람들이 있는 완전히 장밋빛이 감도는 카페다, 이곳에서 사람들은 맛이 고약한 차를 마신다. 종업원들은 나를 자꾸 쳐다본다, 물론, 겁에 질린 시선이라는 생각이 든다. 도움이 없이는 다시 코트를 입을 수 없을지도 모른다는 두려움 때문에 나는 계속 모피 코트를 입고 있다, 채플린 경의 그 외투는 몹시 무겁다. 게다가 나에게는 나의 재키 쿠건이 없다. 나에게는 이곳에서 할 일이 아무것도 없다. 나는 다시 떠날까, 아니면 레닌그라드로 가서 에르미타주라도 방문할까 망설인다. 나는 매일 저녁 8시에 호텔 바에서 레나와 만난다. 우리는 보드카를 마신다, 그러면 곧바로 기분이 나아진다. 그리고 우리는 레나가 알고 있는, 치즈를 넣은 갈레트를 준비해주는 두 명의 아르메니아인 노인들이 운영하는 식당으로 저녁 식사를 하러 걸어서 간다. 야니는 나에게 편지를 쓰겠다고 하면서, 답장해달라고 요청했었다, 파리로 돌아갔을 때 어쩌면 그의 편지가 이미 와 있을 지도 몰랐다, 나는 기쁠 것이다. 나는 그의 그림들과 포즈를 취했던 우리의 시간들을 다시 생각한다, 그 시간들이 그립다. 어쩌면 나는 깨닫지 못한 채 야니를 좋아했던 것인지 모른다. 나는 이 낱장 종이들을 네 번 접어서 절대로 벗지 않는 웃옷 주머니 속에 감춘다.

야니는 아프리카로 떠나기 전에 즉흥적으로 유언장을 만들었다. 그는 수영장으로 그의 공증인을 호출했다, 하지만 자신도 모르게 사건에 휘말리게 되는 굴욕적인 계획에 관한 것이 아니었기 때문에, 공증인은 탈의실 열쇠를 거절하면서, 야니가 그에게 건네준 가운을 마지못해 그의 스리피스 양복 위에 걸쳤다. 심사숙고하지 않은 채, 수영장 바에서, 야니는 게르투르드를 상속인으로 정했다, 다만 그녀가 그의 친구들에게 선물을 잔뜩 안겨준다는 조건을 걸었다. "게르투르드는 누가 나의 진정한 친구들인지 잘 알고 있어요", 야니가 덧붙여 말했다. 그는 사막에서 영토를 되찾기 위해 전쟁을 벌이는 투아레그족에게 살해당할까봐 두려워한다. 투아레그족은 세기 초에 프랑스 원정군에 학살당했다, 그 이후로 그들은 그 언어로 말하는 백인들을 그다지 좋아하지 않는다.

분명한 일은, 아무도 우리를, 레나도, 나도 미행하지 않는다는 것이다, 아무도 우리를 감시하지 않는다, 아무도 우리를 보호하지 않는다, 아무도 우리에게 관심이 없다, 그것이 진실이다. 레나는 그 사실을 받아들이기보다 차라리 죽는 편을 선호할 것이다, 이런 생각은 그녀를 미치게 만들 것이다. 그날 저녁 레나는 서랍장과 함께 두 번째 침대를 그녀의 방문에 맞대어 밀어놓는다, 그리고 머리맡 탁자 위에는 최루가스를 놓아둔다. 그녀는 성령의 작용으로 들어온 어떤 노인이 "내가 여기 있어, 내가 여기 있어"라고 속삭이는 꿈을 꿀 것 같다고 했다, 그래서 그녀는 침대로 되돌아갈 수 없다, 그녀는 꼼짝도 못한다. 모스크바에는 더 이상 고기가 없다, 담배도, 연료도 없다, 전문적인 추적자들을 움직이게 하고 몸을 따뜻하게 할 수 있는 게 아무것도 없고, 그들의 리무진에 넣을 것이 아무것도 없으며, 윤활유도 없다, 누군가의 뒤를 쫓는다는 생각 자체가 더 이상 아무 의미가 없을 것이다, 다른 긴급한 사항들이 있는 것이다. 모든 개들을 도살시킨다는 소문이 도는데, 고기를 먹기 위해서가 아니라, 개들에게 더 이상 먹이를 줄 수 없기 때문이라는 것이다. 개들은 아무리 굶주려도 냉동 양배추를 먹지는 않는다. 돈은 더 이상 아무 가치가 없다. 사람들은 외국 통화로 값을 치르고, 소시지나 담배 몇 갑으로 대신 지불한다. 로시아 호텔에서 나오면서, 레나가 경찰이나 KGB와 약속이 있어 가야 할 때면 (거기에 더 이상 기대할 수 있는 것이 아무것도 없다고 그녀에게 말하지만, 레나는 그들이 모든 정보를 차단하는 것이라고 비난한다) 나는 눈이 내리는 거리에서, 자동차 범퍼가 맞닿을 정도로 붙어 있어 용접된 것 같고 납추가 달려 봉인된 듯 조용히 끝없는 긴 줄을 만드는 택시들 중 첫 번째 택시에 올라탄다. KGB의 리무진들은, 추위에 입술이 달라붙고 눈썹과 속눈썹은 서리로 덮여 하얗게 된 채 돌아다니는 단 한 명뿐인 경비원이 살피는 춥고 황량한 커다란 창고에서 덮개로 씌워진 것이 틀림없다. 사람들은 소위 치명적일 수 있는 질이 나쁜 알코올, 하급 독주인 '사마고네'를 제조한다. 이곳에는 수많은 것들에 대한 소문이 무성하다. 군대가 쿠데타를 준비하고 서구에서 보내온 원조 식량들을 빼돌린다는 말이 떠돈다. 레나는 고르바초프의 인터뷰를 같이 보자고 자기 방으로 오라고 했다, 인터뷰는 그녀가 통역해주었다. 고르바초프는 "경제적인 사보타주"에 대해 말했다. 그러고 나서 KGB의 수장은 유럽에서 배달된 그 식량이 모두 부패했거나 방사선에 오염되었다고 공표했다. 나는 레나의 테이블에 놓인 그녀의 아몬드, 초콜릿, 커피와 차 봉투, 프랑스산 미네랄워터, 코냑 병, 최루가스 병을 보았다.

레나는 그녀의 변호사 집으로 저녁 식사를 하러 가면서 나를 데리고 갔다, 그들은 모스크바의 주거 지역에 살며 유복한 생활을 하는 사람들이다. 나는 레나를 만나러 그녀 방으로 갔다. 그녀는 떠나는 순간에 머리맡 탁자에 있던 이미 조금 마신 코냑 병을 들었다, "평상시라면 내가 마시던 코냑 병을 변호사 집에 가져가는 일은 절대로 할 수 없을 거예요, 하지만 요즘 같은 시절에는 이미 조금 마신 것일지라도 횡재한 기분이 들 거예요." 우리 네 사람을 위해 먹을 것이라고는, 오로지 소시지 하나뿐이었다. 변호사의 부인이 난처한 표정으로 말했다. “그걸 함께 나누어 드세요. 저는 별로 배가 고프지 않아요.” 레나의 접시에 소시지 삼분의 일이 놓이자 레나가 말했다. “나는 이걸 전부 먹지 못할 거예요. 엄청 크네요.” 그러자 변호사의 부인이 이번에는 조심스러운 태도로 말했다. “그렇다면 제가 먹을게요!” 이미 조금 마신 코냑 병이 성공적이었던 것은 사실이다. 저녁 모임이 끝날 무렵에, 레나는 같은 동네에 살고 있는 그녀의 옛날 문학 교수를 방문하자고 제안했다. 그녀는 코냑 병에 조금 남은 것을 가지고 갔다. 그 문학 교수는 아주 명랑했다. 그는 말했다. “여러분들이 프랑스에서 영위하는 삶은 삶이 아니에요. 프랑스 사람들은 어떤 식으로든, 어느 때건, 모든 것을 다 가지고 있어요. 그것은 재미있는 일이 아니에요. 삶은 그런 게 아니랍니다. 나, 내 옆집 부인, 그녀는 소시지 하나를 얻을 수 있다는 희망을 품고 새벽 4시에 일어나요. 그 부인은 배급표를 가지고 추위 속에 하루 종일 줄을 섭니다. 그녀가 마침내 소시지를 가지고 돌아오는 저녁이면, 진정한 축제가 되지요. 프랑스 사람들이 절대로 맛볼 수 없을 축제가 벌어지는 거예요.”

오늘 아침 나는 붉은 광장으로 가기 위해서 네브스카이아 대로를 건너기만 하면 되었다. 눈은 내리지 않았다. 원칙적으로는 루블화로 물건을 살 수 있는 백화점 진열창에서 모든 색깔과 온갖 크기의 다양한 모자들이 놓여 있는 진열대를 보았다. 소인국 사람들을 위한 아주 작은 모자들도 있었는데, 어린이용 소품이 아니라 진짜 모자들이었다. 가격표에는 하나에 십이 루블이라고 적혀 있었다. 나로서는 대략 이 프랑에 해당하는 것이었다. 나는 프랑스로 가져가기 위해 그것들을 모두 구입하기로 결정했다. 어쩌면 모스크바 난쟁이들 우두머리의 모자를 벗기는 것이 좋은 일은 아닐지 모르겠다. 그런데 백화점 안에는 모자가 단 한 개도 없었다. 게다가 마찬가지로 매장들에는 그 어떤 상품도 없었다. 완전히 텅 비어 있었다. "미국은 모스크바 형제들에게 즐거운 크리스마스를 기원합니다"라는 문구와 함께, 빈 선물 상자들과 전구로 치장되어 반짝거리는 커다란 소나무가 중앙에 놓여 있는, 건축 중인 공항의 홀이라고 할 지경이었다.

12월 20일 목요일. '누벨 비에르즈' 공동묘지에 가기 위해 나는 택시를 탔다. 그동안 레나는 경매장과 화가 협동조합의 그림들을 긁어모은다. 그녀는 나흘 동안 벌써 삼백 점을 구입했다. '레장시엔' 공동묘지를 다녀온 후, 그녀가 나에게 알려준 것처럼, 나는 체호프의 무덤을 찾기 위해 오른편의 돌로 된 낡은 입구로 들어섰다. 아주 오래된 몹시 커다란 나무들, 작은 숲들, 오솔길들, 사람들이 피크닉을 하는 작은 의자들. 은하계에서 계속 빙빙 돌고 있는 우주 비행사들의 빈 무덤들, 게슈타

포에게 살해된 여인의 노출된 젖가슴 흉상, 금장식이 된 둥근 지붕들, 높은 담벼락. 체호프의 무덤은 하늘을 향해 뻗어나가는 세 개의 검은 뾰족한 끝부분이 있는 둥그스름한 작은 집이다, 돌 속에 움푹 들어가 있는 청동문은 닫혀 있고, 무덤 위의 십자가들은 부조가 아니라 음각으로 되어 있다, 구멍들이다, 마치 흰개미들이 돌무덤 속에서 레이스를 떠놓은 것 같았다. 내가 작가에게 지니고 있는 사랑과 이 묘소 사이에서 나는 아무런 관련성도 찾아내지 못했고 그 어떤 감동도 만들어내지 못했다. 챙 없는 모자를 쓴 한 남자가 여러 대통령들의 초상화가 담긴 메달과 시계들을 나에게 권하는 바람에 나의 이런 생각이 흐트러졌다. 나는 나를 기다리고 있던 택시를 다시 탔다, 자고르스크로 데려가달라고 말했다, 그는 나에게 그곳은 멀다고, 그러니 돌아오는 것까지 계산하면 적어도 말보로 담배 서른 갑 정도의 요금이 나올 거라고 설명했다, 나는 달러로 값을 치르겠다고 말했다, 그는 만족스러워 했다. 오후 5시. 나는 동방교회가 있는 일종의 바티칸 속으로 들어가 헤맸다, 나는 노래를 들었다, 나는 문을 밀었고, 몇 계단을 내려갔으며, 짧게 깎은 머리에 하얀 수도승 복장을 한 수련 수도사들이 합창을 하고 있는 지하 예배당에 있었다, 나는 숨을 참았고 다시 떠났다.

시장에서 나에게 아편을 권한 사람들이 그것을 찾으러

갈 약속을 정해주었던 모가도르*에서처럼 모스크바에서도, 레나가 주의를 받은 바에 따르면, 예술품 판매업자들의 마피아들은 샤갈의 작은 그림을 권하며 외화로 지불할 것을 요구하고, 위험한 장소를 지정해 만나기로 약속을 정한 다음, 결국 사람들을 제거한다는 것이다.

꽤 나이가 든 한 여인이 화랑 안으로 들어와 줄리엣을 통해 자신의 도착을 알렸다. 레나가 이미 본 적이 있던, 모스크바에서 한 번, 그러니까 그녀의 오빠 비고와 함께 만났던, 비고를 어렴풋이 알고 있던 여인이었다. 이 여인은 팔 물건이 있다고 말했고, 작은 그림의 포장을 벗겨냈다. 그녀는 육천 프랑을 원한다고 말했다. 레나는 그녀에게 그림을 가져가라고, 그런 하찮은 것에 천 프랑도 지불하지 않을 거라고 말했다. 여인은 눈물을 흘리며 털썩 주저앉았다. 그녀는 세상의 모든 불행을 겪고 있다고 말했다. 그녀는 파산했다고, 알코올 중독자인 남편이 그녀를 때리고, 자식들은 마약을 복용하며, 그녀는 위장에 네 개의 궤양이 있다는 것이었다. 대단한 연기였다. 레나는 담배와 보드카를 사기 위해 줄리엣이 요구하는 현금을 넣어두는 서랍을 열었다. 그녀는 오백 프랑짜리 지폐 두 장을 꺼내 내밀었다. 레나가 말했다. "당신도 비고가 사라진 것을 알

* 모로코 서부의 항구 도시.

고 있어요. 내가 비고에 대해서 모르고 있는 것을 나에게 이야기 해준다면, 어떤 대가 없이, 당신이 당장 곤경에서 벗어날 수 있도록 이 돈을 주겠어요." 여인은 겁을 먹었다, "나는 정직해요", 그녀는 겁에 질린 커다란 눈을 두리번거리면서 알아들을 수 없을 정도로 빠르게 말했다, "나는 절대로 나쁜 짓은 하지 않았어요, 그리고 다른 사람들 역시 정직하다고 생각했어요, 그런데 마피아였어요, 그들은 나를 고문했어요. 면도칼로 내 어깨에, 등에, 상처를 냈어요, 그들은 나의 배에 다윗의 별을 새겨놓았어요, 보시겠어요? — 네", 레나가 대답했다, 레나는 바깥에서 옷을 벗는 여인이 보이지 않게 사무실 문을 닫았다. 여인은 이제 완전히 벌거벗었다. "어깨 위에 이 상처들이며, 그들이 나의 배에 무슨 짓을 했는지 보이죠?" 그녀는 흔적이랄게 보이지 않는 피부를 잡아당기면서 미친 여자처럼 반복해서 말했다. "아니요, 아무것도 보이지 않아요", 레나가 말했다. — "정말로, 안 보여요? 거울이 필요해요. 모든 것이 거울에 비칠 거예요. 거울 속에서 볼 수 있을 거예요. — OK", 레나가 말했다, 그녀는 줄리엣을 부르기 위해 사무실 문을 조금 열었다, "아파트로 올라가서 전신 거울을 가지고 오면 좋겠어." 레나와 줄리엣은 벌거벗은 여인 앞에 거울을 세워놓았고, 여인은 상처들을 거울에 비추려고 몸을 비틀기 시작했다. 물론 레나는 거울 속에서, 힘 센 여인의 상처 없는 몸을 직접 봤을 때보다 달리 많은 것을 보지 못했다. 여인은 다시 옷을 입고, 천 프랑을 호주머니에 넣고, 작별 인사도 없이 화랑을 떠났다.

나무옹이로 된 상자, 공작석으로 된 상자, 상아 상감 장식의 흑단 상자, 이 세 개의 상자 안에, 레나는 물에 적신 솜조각들을 종지에 담아 넣고, 식물들처럼, 비고의 엽궐련을 재배하고 그것들을 축축하게 적셔주며 말라 죽지 않도록 애쓰는데, 비고는 백만장자들이 태우는 이런 커다란 엽궐련의 연기로 내가 다시 구입한 그림들의 유리를 검게 했고, 나는 닦아냈어야 했다.

레나는 여러 개의 수첩을 지니고 있다, 하나는 불만사항들을 적는 것이고, 다른 하나는 판매하거나 구입한 그림들을 적는 것이며, 또 다른 하나는, 그녀가 알려준 바에 따르면, 그 관계에 따르는 감정들을 적는 것이고, 네 번째 수첩은 단상이나 사고를 적는 것이다. 한편, 야니는 한 해 동안 그렸거나 채색한 모든 것, 그가 벌어들인 모든 돈, 그가 읽은 모든 책, 그가 한 여행들과 다음 해의 계획들에 대해 꼼꼼하게 목록을 작성한다. 이 두 사람은 아마 다른 공통점은 없을지 모른다. 야니가 아이바조프스키 작품 하나를 구입할 수 있도록 나는 그를 레나에게 소개시켜야 했다, 레나는 터무니없이 비싼 가격을 제시했다, 그래서 그 문제는 더 이상 거론되지 않았다. 결국 그들은 한 번도 만나지 못했다. 야니는 내가 레나의 실종된 오빠, 비고의 이야기를 쓰고 있다는 것을 알고 있었다, 그리고 그는 그것에 대해 아무에게도 말하지 않겠다고 약속했었다, 하지만 그 자신이 내 이야기의 중요한 인물로 등장한다는 것을, 비고를 레나 뒤로 밀어내면서 중요한 위치를 차지한다는 것을 그는 모르고 있었다.

내가 파리에 돌아왔을 때, 야니는 아프리카로 떠나고 없었는데, 그는 아비장에서 그의 새 캔버스를 전부 싣고 마르세유에서 출발한 사륜 구동 자동차를 찾기로 되어 있었다. 샘이 그와 함께 갔고, 그의 형이 합류하기로 했다, 그리고 전쟁이 일어나지 않는다면 게르투르드와 그의 독일인 판매업자와 함께 우리는 1월 16일에 우아가두구에서 그를 만나기로 약속이 되어 있었다. 야니는 아연으로 된 나의 여행 가방을 가지고 있었고, 그 안에는 지나칠 정도로 빨리 채워지는 그의 그림 수첩들이 들어 있었다, 나는 그가 검은 문양이 프린트되어 있는 나의 빨간색 수영복을 입고 수영한다는 것을 알고 있었다, 그리고 나는 모스크바에서 그의 채플린식 모피 외투를 입고 돌아왔다. 야니와는 연락이 되지 않았다. 전화를 걸면 녹음기가 반복해서 알렸다. "최근의 사건 때문에 요구하신 국번은 완전히 사용할 수 없게 되었습니다." 전쟁이 발발했다. 독일인 판매업자는 단념했다. 게르투르드는 우리의 출발 일을 한 주 한 주 미루며, 처음에는 1월 23일로, 다음에는 30일로 연기했다. 폭동이 일어나 바마코에서는 학생들과 기동대 가운데 수십 명의 사망자가 생겼고, 투아레그족과 부르키나파소의 새로운 파시스트 정권 사이의 사막 국경 지대에서 반란이 꾸며지고 있었다. 파리에서는, 아프리카로 들어가기 위해 반드시 받아야 하는 황열병 백신 접종을 나에게도 해야 하는 것인지, 아니면 하지 않아도 되는 것인지, 그 적절성에 관해서 에이즈 전문가들의 의견이 나뉘었다. 즉, 챤디 박사는 나에게 그 백신 접종을 하면 곧바로 내가 황열병에 걸릴 것이라고 말했고, 스티퍼 교수는 이 백신 접종으로 감수해야 할 위험이 존재하는 것은 분명하지만 나에게 주사될 살아 있는 병원균의 양은 내가 모기에 한 번 물려 걸릴 수 있는 병에 비하면 아주 미약한 것이라고 판단했다. 야니는 나를 보호하기 위해서 특별한 모기장을 구입했고, 내가 그의 도움 없이 일어날 수 있도록 충분히 두툼한 매트리스를 장만했다, 그는 벙커에서, 또는 테라스에서 게르트루드와 함께 바닥에서 잘 것이었다. 그는 나에게 가벼운 면 옷, 하얀 양말, 모자, 낮 동안 모기에 대비하기 위한 긴소매 셔츠들을 가져오라고 조언했다. 그렇지만 모기에 대한 치명적인 두려움은 매 순간 나타날 것이다, 챤디 박사는 단호했다, 다시 말해서 모기에 한 번 물리면 몇 시간 이내에, 그렇지 않다면 며칠 이내에 끝장날 수 있다는 것이었다. 황열병이 유발하는 '보미토 네그로', 즉 흑색 구토는 참을 수 없는 고통이라고 말들이 많았다. 니바키네는 말라리아 예방에 더 이상

효력이 없었다, 즉 보균 생물인 모기들이 사람들을 쏘면서 마침내 면역이 되었고 의약품에 견뎌내는 강한 기생충의 변종을 퍼뜨리는 것이었다.

나는 레나의 사무실에 있었고, 담배를 피우며 그녀와 이야기를 나누던 중이었는데, 줄리엣이 들어와 예술품 도난 단속반 경찰 두 명이 그녀를 만나고 싶어 한다고 말했다. "들어오라고 해!" 레나는 아름답고 품위가 있었다, 그녀는 반쯤 남은 보드카 은잔을 미니어처 뒤에 감추었다. 나는 그 자리에 남아 있을지 아니면 떠날지 망설였다, 그리고 나는 레나 쪽에서도 나를 내보낼지 아니면 자신을 보호하기 위해 이런 류의 면담에 증인이 되어달라고 요청할지 망설이고 있다는 것을 알아챘다. 내가 막 일어설 참에, 그녀는 마음을 정했다, "아니에요, 그냥 계세요, 부탁이에요, 아시게 되겠지만, 후회하지 않을 거예요, 굉장히 흥미로울 거예요." 그녀가 속삭였다, 마루바닥을 강타하는 경찰들의 무거운 발소리가 들렸다. 두 명의 경찰이 들어오고, 거칠게 소속을 밝히고, 레나 앞에 불쑥 남자의 초상화 복사본을 내밀었다. "이 그림을 본 적이 있습니까?" 경찰들이 물었다. 그간 다양한 변화를 읽어낼 수 있게 된 레나의 눈빛에서 나는 아주 짧은 망설임을 알아보았다. "물론이죠, 예전에 본 적이 있어요", 그녀는 크게 말했다, "그 그림을 판 사람이 바로 저니까요, 심지어 그림에 대해 아주 잘 알고 있어요, 자르코브의 초상화예요, 우리는 같은 화가의 작품을 두 점 가지고 있었어요, 그런데 이 그림이 둘 중 어느 것인지 당장에는 알 수 없어요, 하지만 찾아볼 수는 있을 거예요. — 이 그림은 1988년 소더비 경매장에 나온 겁니다, 아닙니까? — 네, 그런데요? — 도난당한 그림입니다, 여기 고소장 수령증이 있습니다. — 아! 정말 흥미롭네요", 레나가 말했다. 그러자 경찰들 중 한 명이 말했다. "당신에게 이 사건이 끝까지 흥미롭기만 한 것으로 남기를 기대해봅시다. 신분증 있습니까? — 물론이죠", 레나는 검은 밍크코트 주머니를 뒤지면서 몹시 흥분해 있었다. "미국 국적을 가지고 계십니까? 경찰이 여권 번호를 옮겨 적으면서 물었다. 이 그림에 관해 당신이 찾을 수 있는 모든 서류를 가지고 사무실로 나오실 수 있습니까? 월요일 아침 10시에, 시간 괜찮습니까? 여기 소환장이 있습니다." 나는 처음에는 이 경찰들이 진짜 경찰들인지 의심했지만, 이제는 더 이상 의심의 여지가 없었다. "당신의 오빠는 경매 시기와 거의 동일한 시기에 실종되었습니다, 그렇지 않습니까?" 경찰은 다시 서류들을 거둬들이며 덧붙였다. — "아니요, 일 년 후, 89년이에요." 레나와 줄리엣과 나, 이렇게 우리끼리 남게 되었을 때, 나는 그녀가 폭발할 태세로, 울먹울먹하면서, 그녀의 결백을 밝혀줄, 우연히 그림 앨범 속으로 끼어들어간 서류를 찾아내기 위해서 서가의 바닥부터 꼭대기까지 모든 선반들을 샅샅이 뒤지기로 결심했다는 것을 알아차렸다. 그녀는 미니어처 뒤에 숨겨둔 은잔을 다시 집어 들었고, 단숨에 비워버렸으며, 줄리엣을 야단쳤다. "그렇게 미심쩍은 눈으로 나를 보면서 가만히 있지 말고, 움직여봐, 찾아봐, 기억해봐. 이 그림이 너에게 뭔가 의미하는 게 없어? — 나는 그게 잘 기억이 나지 않아요", 줄리엣이 말했다. "자동차, 여름, 더위는 기억나요, 내가 운전했어요, 비고는 뒤에 있었어요, 사람들이 어떤 그림에 대해 말했어요, 강변에 있는 판매업자 가게였어요, 하지만 그게 그 그림인지 아니면 복제품인 다른 것인지는 기억나지 않아요." 나는 줄리엣의 이야기를 들으며 자리를 피했다, 레나가 우는 것을 보지 않기 위해서였다.

그런데 몇 주 후에 나는 그녀가 우는 것을 보고 말았다. 그 전날, 그녀가 말했었다, "당신에게 말해서는 안 되겠지만, 어쩔 수 없어요. 비밀을 지킬 거라고 믿어요. 나는 궁지에 몰렸어요, 은행가가 나를 괴롭혀요. 다 정리하고 야반도주라도 해야 하나요? 올케한테 말했어요. 우리 모두 자식들과 함께 집단 자살이라도 해야 할지 모른다고. — 그건 끔찍한 일이예요", 내가 말했다, "잠든 자식들을 죽이고 나서 부모들 스스로 머리에 총알을 박는 것보다 더 끔찍한 일은 없어요. — 그건 같은 경우가 아니에요, 그들은 동의할 거예요", 레나가 말했다. — "그렇지만 비고의 자식들은 전혀 죽고 싶은 마음이 없어요, 레나, 당신 미쳤어요, 지난번에도 이 근처에서 비고의 장

남이 친구들 두 명과 함께 있는 걸 봤어요, 그는 활력이 넘쳤어요! — 생각해봤어요", 레나가 말했다, "미국으로 떠나는 걸요, 로스엔젤레스와 뉴욕으로 가서 수집가들에게 사진을 보여주고 판매해보려고요, 하지만 비행기 표를 살 돈조차 없어요, 은행에서 신용카드를 전부 압류했어요, 정말 수치스러워요. 그래서 말하는 건데요, 원하는 그림들을 전부 가져가세요, 그렇게 할 때예요. — 그렇게 해서 그림들이 조금은 가족에게 남아 있게 될 거라는 건가요?" 그렇다고 그녀는 웃으며 대답했다. 나는 나중에 다시 들르기로 했다, 하지만 너무 피곤했다, 다음 날로 가기를 미뤘다. 내가 레나의 사무실로 다시 갔을 때, 줄리엣은 어머니를 보러 떠나고 없었다, 레나는 함께 있던 남자와 엄청난 양의 보드카를 마신 것이 분명했다, 레나가 한 시간 뒤에 다시 오라고 요청했기 때문에 나는 처음에 그 남자가 경찰일 거라고 생각했으나, 나 때문에 결국 쫓겨나다시피 그가 떠나고 나서 레나가 알려준 바로는, 레나와 함께 로스엔젤레스에서 러시아 미술 전시회를 준비한 아르메니아인이었다. 페레스트로이카 이후, 국내 여행이 전보다 수월해지면서, 러시아 예술품 판매도 다시 증가했다. 판매업자들과 심지어 젊은 학생들마저 — 내가 트로키멘코의 작품들을 싼 가격에 구입하게 된 것도 그런 사람들 중 하나를 통해서였다. — 지역 예술가들의 아틀리에를 긁어모았는데, 아직 레나의 오빠가 사들이지 않은 곳들이었고, 10년이 지난 뒤에는, 명백한 몰락을 겪은 두 곳, 모스크바와 레닌그라드에서, 영국인들이 모조리 사들여 거덜을 낸 곳이었다. 실제로 지하 창고에 사슴 고기처럼 그림들을 쌓아두면서 비고는 전자식 고래사냥 같은 진정한 사냥에 착수했다. 레나는 러시아 예술품들이 이런 식으로 판매되는 것에 분노했는데, 그녀의 말에 따르면 시장을 마비시키는 일이었다. 그녀는 직접 출장을 가지는 않았다. 하지만 열에 들떠서 카탈로그들을 조회하고, 관심이 가는 것에 표시를 하고, 위작처럼 보이는 것에 동그라미를 치고, 지불할 수 있는 방법이 없으므로 절대로 이행하지 못할 매수 주문서를 전화로 요청하면서 온 시간을 다 보냈다. 과일 판매 상인처럼 그녀는 최상품을 가지고 있다고 말했고, 수많은 경매들은 구매자들에게 혼란을 야기하는 위험한 것이라고 했다. 구매자들은 그것이 최상품인지 2등급 또는 3등급인지 그 차이를 구별하지 못하고, 결국은 나와 마찬가지로, 경매 시장에서는 사천 프랑에 구입할 수 있는 것을 그녀에게서는 오만 프랑을 지불하고 구입해야 하는 이유를 이해하지 못한다는 것이었다. "보드카를 너무 많이 마셨어요." 그날 레나는 곧바로 그렇게 말했다. 그러고는 빈 잔을 다시 채우기 위해 책상 밑에서 보드카 병을 꺼냈다. "당신은 마시지 말아요", 그녀가 말했다. "당신을 죽일 작정이었다고 나를 비난할 거예요." 나는 그녀에게 물었다. "나는 거래를 하러 왔는데, 적절한 때가 아닌 것 같군요. 다른 날로 미뤄요. 괜찮겠어요? — 전혀 그렇지 않아요", 그녀가 대답했다. "거래를 하지 못할 정도는 아니에요. 당신이 원하는 가격에 당신이 원하는 모든 것을 가져가라고 했으니 거래라고 할 수 있는지 모르겠지만요. 흥정하지 않겠어요. 당신이 선택하면 그건 당신 거예요." 나는 말했다. "다시 보고 싶은 그림이 세 점 있어요. 붉은 양탄자의 남자… — 무슨 말을 하는 건지 모르겠어요", 그녀가 막아섰다. "너무 취한 것 같아요… — 누운 아이", 나는 계속해서 말했다. "가방을 든 라브렌코의 습작… — 그 그림 두 점은, 당신에게 가져올 수 있어요… — 창고에 혼자 내려가지 말아요. 넘어질 거예요… — 나를 뭘로 보는 거예요? 이래 봬도 나는 강해요. 이 팔과 손에 아직 힘이 있어요! — 내가 먼저 계단을 내려가는 건 어떨까요? 당신이 넘어지면 붙잡을 수 있게. 교육을 잘 받은 남자들처럼요. 하지만 나는 당신을 붙잡아줄 만큼 강하지 않아요. 당신이 내 위로 넘어지면 나는 그대로 당신 밑에서 쓰러질 거예요. 오늘 저녁쯤 줄리엣이 돌아올 테고, 계단 밑에서 심하게 다쳐 반쯤은 의식을 잃고 신음하는 우리를 발견하게 되겠죠." 레나는 계단을 내려가다 말고 터져 나오는 웃음에 배꼽을 잡으며 멈춰 섰다. 마침내 그림 두 점을 양팔에 하나씩 들고 비틀거리며 계단을 올라올 때 중간쯤에서 다시 한번 멈춰 섰다. 이번에는 힘이 빠져 더 이상 한 발자국도 올라설 수 없었고 거의 뒤로 거꾸러질 지경이었다. 나는 조심스럽게 그림들을 건네받고, 사무실로 가서 무사히 바닥에 내려놓았다. 그림들을 다시 보면서 내가 그 그림들을 더 이상 좋아하지 않는다는 것을 곧바로 깨닫지 못했다. 레나가 돌아와 앉더니 담배와 은잔을 집어 들었다. 나는 꼼짝하지 못했다. 우리는 서로를 너무 잘 알고 있어서 계속해서 화상과 수집가의 역할을 할 수는 없는 노릇이었다. 극단적인 경우에는 서로 작정을 하고 그림을 판매하는 악당 커플이 될 수도 있을 것이다, 나는 그렇게 말했고, 그녀가 응했다, "좋아요, 그렇게 하기로 해요." 나는 경계했다. "우리 사이에 가격을 흥정하는 일은 완전히 부자연스러운 일이 되었어요…" 그녀가 말했다. "흥정하지 말아요, 당신이 정해요, 눈감아줄게요, 그리고 그림들을 가져가세요, 얼마로 하겠어요? — 나는 모르는 척하고 싶지 않아요, 아니요, 모르는 척하는 그런 문제가 아니에요, 모르는 척하건 아니건 그런 건 상관없어요, 나는 이 상황을, 당신의 고백을, 당신의 포기를, 줄리엣의 부재를, 당신이 취한 것을 노골적으로 이용하고 싶지 않아요, 내일 내가 다시 오면 어떨까요? — 아니요, 아니요", 그녀가 말했다, "당장 결정해요, 얼마요?" 그녀가 나에게 함정을 파놓은 것은 아닌지 자문했다. 그녀는 처음에, 그러니까 몇 달 전에, 누운 아이 그림은 오만 프랑 이하로, 라브렌코의 습작은 삼만 프랑으로 결정했었다, 그러고 나서, 나중에는 패키지로 육만 프랑을 제안하고 내가 거절했었다. 나는 따로 고심했다. '지금 상황을 유리하게 이용하자면 삼만 프랑에 두 그림을 가져가야겠지. 물론 그것도 상당한 거지만.' 그리고 그녀에게 말했다. "나한테나 당신한테나 합당한 가격은 사만 프랑일 것 같은데요." 레나는 눈물을 흘리며 주저앉았다. 나는 속물이었던가? 나는 곧바로 나의 무례함을 사과했고, 조기弔旗처럼, 그림들을 벽에 기대 돌려놓았다. 나는 그림들을 마지막으로 보았다. 그것들은 생동감이 없었다.

나는 모스크바에서 돌아와 다시 레나를 보러 갔었다. 이상한 일이었다, 우리가 여행을 함께 했지만, 그렇다고 우리의 관계가 더 친밀해지지는 않았다, 마치 그 여행을 하지 않은 것 같았다. 그녀는 다시 그림을 판매하는 화상이 되었고, 나는 다시 수집가가 되었다. 줄리엣은 나에게 기다리라고 했고, 그 다음엔 앉으라고 권했다, 우리는 대화를 하려고 노력했다, 거짓 주소였지만 내가 그림 값으로 지불한 수표에 적힌 그 주소지에서부터 걸어왔는지 그녀가 물어보았다. 나는 그녀에게 어디에 사는지 되물었다, 그러고 나서 나의 질문이 그녀를 몹시 당황하게 했다는 것을 알게 되었다, 그녀는 "레나와 함께요"라고 말하지 못했고, 다만 얼굴을 붉혔다. "여기저기요. 정해진 거처가 없어요, 때로는 저 위에서요." 상점이 있는 길로 들어서면서 상점 2층 모퉁이에 나 있는 우중충한 창문들을 바라볼 때면, 혹시 올지 모르는 불확실한 임차인을 위해 언제라도 비어 있는, 물건도 없고, 그림도 없고, 공예품도 없는, 어두침침하고 진부한 아파트를 상상하곤 했었다. 레나는 상점과 아파트의 집세, 은행들의 청구서, 줄리엣과 조셉의 월급, 세 명이나 되는 조카들의 학업, 비고를 찾기 위해 사립 탐정과 점쟁이들에게 지불하는 사례금을 떠안고 오랫동안 버티지 못할 것이다. 내가 사무실로 들어갔을 때, 레나는 안경을 벗은 채였다, 대신 줄리엣이 안경을 들고 막 입김을 불어 산양 가죽으로 닦고 있었다. 레나는 빨간 점이 찍힌 검은 실루엣밖에 보이지 않는다고 했다, 그녀는 나인지 확신할 수조차 없다고 했다. 나는 언제든 창고에 내려가 비공개 작품들을 보고 싶다고 말했다. "당신이 원하실 때 안내할게요, 지금도 좋아요, 줄리엣이 안경을 돌려주고 나서요." 우리는 함께 지하 창고로 내려갔다. 그녀는 잘 분류해 정리해둔 작품들에 대해 설명했다. 저기는 19세기, 저기는 그림들, 저기는 50년대 작품들, 저기는 위작들, 저기는 현대적인 작품들. 지하 창고로 들어서자마자 나는 무언가 이상한 점을 느꼈다. 나는 비고가 바로 그곳에 있다고 느꼈다. 1988년에, 내가 그와 함께 지하 창고에 가보고 싶다고 요청했을 때, 그는 나를 가로 막았었다. "비고는 여기 있어요, 그렇지 않은가요?" 그녀가 대답했다. "비고가 좋아했을 것이 바로 그거예요, 자기 그림들 가운데 남아 있는 것," 내가 덧붙여 말했다. "당신은 그림들 '가운데'라고 말하는데, 그림들 '사이'나 그림들 '아래에'라고 말하고 싶은 거죠? 비고가 이곳에 묻혀 있어요, 그렇지 않나요?" 그녀는 더 이상 대답하지 않았다, 그녀는 분류와 배열에 대한 설명을 이어갔다. 나는 그녀를 가로막았다. "왜 그를 죽였어요?" 그녀는 다만 다음과 같이 대답했다. "그 누구도 절대로 아무것도 모를 거예요. 알려고 하는 사람은 이미 죽은 거나 마찬가지예요, 당신이 그렇게 하길 원한다면, 당신도 마찬가지예요." 그러고 나서, 그녀는 춥다고 상점으로 다시 올라가자고 했다, 나는 거의 바로 상점에서 나왔다.

레나를 다시 볼지 말지 여러 주를 망설였다, 오빠를 죽인 게 그녀인지 하다못해 죽이라고 시킨 사람이 그녀인지조차 확신할 수 없었다. 오빠의 수집품을 도둑질하려는 이유 말고는 다른 어떤 것도 떠올릴 수 없었다, 그렇지 않고, 다른 비밀스러운 동기가 있다면 내가 알아내야 할 것 역시 그것이었다. 마침내, 레나를 다시 보았을 때, 비고에 대해서는 아무 말도 하지 않았다. 나는 여느 수집가처럼, 어느 날, 어느 고객, 즉 검은 외투를 입고 아들과 함께 찾아온 어느 고객이 언급했던 어린아이의 초상화를 보고 싶다고 했다. 레나는 화제의 그림을 나에게 보여주려고 줄리엣을 불렀고, 작품 소장 창고로 내려보냈다.

"비고의 초상화", 레나가 그녀에게 말했다. "그것은 왼편 안쪽에 있을 거야." 그림은 아주 훌륭했다. 단지 "7 = 2 + 5 = 1"이라고 분필로 적혀 있는 칠판 앞에, 둥근 깃이 달린 회색 빛깔의 헐렁한 옷을 입은 어린아이가 서 있는데, 그 아이는 그림을 그리고 있는 화가를 응시하고 있고, 입가에는 짓궂은 미소를 머금고 있었다. "비고는 이 그림을 찾아내자마자 자기의 초상화라고 생각했어요. 그 아이가 비고와 닮은 건 사실이에요. 비고가 어렸을 때 조금은 그런 모습이었어요. 맑고 투명하고 동시에 매우 침울하고, 순수한데 또 심술궂었어요." 나는 레나에게 물었다. "그런데 그림의 오른편에 있는, 거기, 그건 뭐예요? — 셈할 때 쓰는 주판이에요", 그녀가 대답했다, "우리가 어렸을 때, 우리도 같은 것을 가지고 있었어요. 비고는 나의 큰오빠예요. 오빠는 나를 겁주고 벌벌 떨게 만들었어요. 우리가 예루살렘에 있을 때, 오빠는 내 얼굴에 도마뱀을 던지곤 했어요. 어느 날, 비고는 주판을 가지고 내 방 벽장 속에 틀어박혔어요, 그러고는 한밤중에 끔찍한 소리를 내기 시작했어요. 오빠를 미워한 건 바로 그때부터였어요. 이미 말했지만, 이 그림은 팔 그림이 아니에요."

우아가두구에는 무사히 도착했다. 위생 검역관은 닥터 챤디가 작성해준 황열병 백신 접종 금기 징후 증명서를 보고 나를 세관에서 통과시켰다. 그는 가방을 수색했다, 그러고 나서 수많은 약들을 보고 무슨 병을 앓고 있는지 물었다. 나는 "백혈병"이라고 대답했다, 그가 생긋 웃어 보였다. 야니는 약속과 달리 공항에 나오지 않았다. 게르투르드와 함께 그를 기다렸지만 헛수고였다, 그러고 나자 몹시 지쳐서, 우리는 공항

맞은편에 있는 유로파 호텔에 방 두 개를 잡았다. 모기들이 넘쳐난다. 말벌처럼 큰 것들이다.

우아가두구로 향하는 비행기 안에서 게르투르드는 이른 아침에 내가 코르푸에 도착했을 때 몹시 놀랐었다고 털어놓았다. 내가 그녀의 첫사랑과 꼭 닮았다는 것이었다. 나의 손은 그의 손과 같았고, 나의 입은 그의 입이었고, 귀도 완전히 똑같다고 했다. 그 말을 하면서 그녀가 내 귀를 뚫어지게 보았을 때, 나는 그녀가 내 귀를 콱 깨무는 것 같았다.

여기에, 분실되어 없어져버린 나의 원고 50페이지가 있어야 한다. 그것은 나의 아프리카 여행 이야기였다. 야니와 게르투르드가 우아가두구로, 몹시 열이 나고, 모기들에 물린 물집으로 뒤덮여, 이미 말라리아와 황열병과 각기병에 걸렸던 게 분명한 나를 배웅하러 왔을 때, 나는 나의 가방이 수하물 수탁 무빙워크로 보내지는 것을 보면서 이상한 예감이 들었다. 가방은 이미 굴러가고 있었지만 나는 기어코 그것을 붙잡아서 다시 열었다. 내가 15년 전부터 일기를 적는 까만 노트를 찾아 꺼내들 정신이 있었던 것이다. 하지만 나는 가방 깊숙한 곳에 원고를 그대로 놓아두었다. 루아시 공항에서, 나는 그것을 절대로 다시 찾을 수 없다는 것을 알았다. 나는 그 자리에서 기절할 뻔했다. 나를 조롱하는 직원에게, 내가 뺨을 후려

칠 수도 있었을 직원에게 잠자코 분실 신고를 했다. 분실된 그 50페이지들, 지금은 어디인지 모르는 곳에 있는 그 페이지들을 내가 속속들이 잘 알고 있다 해도 이제는 소용없는 일이다. 나는 그 페이지들을 다시 쓸 수 없다. 일단 이야기들이 쓰이고 나면, 그것들은 나에게서 사라져버린 것과 같다. 내가 이다음에, 다른 방식으로, 다른 책에서, 어마어마했던 아프리카에서의 그 여행 이야기를 다시 쓰게 될까? 모르겠다. 나는 다시 이 책을, 내가 이전에 쓴 다른 모든 책들처럼, '미완성'이라고 부를 수 있을 것이다.

해설

빨간 모자에 담긴 것

✦

신해욱

이 원고는 작가 자신의 1990년 가을과 겨울을 기록한 일기로 읽을 수도 있을 것이다. 기록의 출발은 병원이다. 에이즈로 투병 중이던 에르베 기베르는 그해 10월 턱밑의 낭종을 떼어내는 수술을 받는다. 그는 의사의 진단과 처방을 받아 적는다. 증상과 통증을 관찰한다. 삶은 계속된다. 목에는 붕대를 감고 머리에는 빨간 모자를 쓰고 단골 화랑을 드나든다. 빨간 모자를 쓰고 여행길에 오른다. 빨간 모자를 쓰고 친구의 아틀리에를 찾아간다. 빨간 모자를 쓴 남자. 에르베 기베르의 마음은 그림을 향한다. 예술과 시장, 위작과 진품, 완성과 미완성 사이를 배회한다. 원고는 미완성으로 완성된다. 삶은 계속되지 않는다. 그는 이듬해 12월 서른여섯의 나이로 사망하고 원고는 사후에 출판된다. 같은 시기의 삶을 파나소닉 카메라로 직접 촬영한 동영상 〈수치 또는 파렴치〉도 사후에 방영된다.

이 원고는 또한 실종된 화상을 둘러싼 하드보일드 추리물로 읽을 수도 있을 것이다. 실종자는 에르베 기베르가 드나들던 화랑의 옛 주인, 이름은 비고다. 러시아 예술에 정통한 전문가이자 소비에트 공화국 화가들의 엄청난 컬렉션 보유자인 비고는 어느 날 모스크바에서 흔적도 없이 사라진다. 그가 지니고 있던 대량의 작품들도 함께 사라진다. 위작을 감별하는 예리한 눈으로 경매품의 진품 여부를 공개적으로 입에 올리다가 예술계 마피아들의 협박을 받은 직후다. 그의 누이 레나가 오빠 대신 화랑을 운영하며 실종 사건의 미스터리를 파헤친다. 에르베 기베르는 그녀의 동행이 된다. 때는 페레스트로이카 시절, 겨울의 모스크바는 끔찍하게 춥고 먹을 것을 구하는 일도 만만치 않다. 루블화는 휴지 조각이 되었고 거리에는 흉흉한 소문이 돈다. 그들의 숙소에는 도청 장치가 설치되어 있고 소비에트 경찰과 KGB가 그들의 뒤를 밟는다…

이 원고는 또한 한 젊은 화가의 얄궂은 운명에 대한 블랙코미디로 읽을 수도 있을 것이다. 화가는 에르베 기베르의 친구, 이름은 야니다. 미술계의 떠오르는 별인 야니는 자신의 가짜 서명이 담긴 위작들이 미술 시장에 돌아다닌다는 것을 알게 된다. 조사를 의뢰하자 경찰은 1차 조치로 화가 자신의 공식적 고발을 요청한다. 야니는 딜레마에 빠진다. 위작 판매로 거액을 챙긴 마피아들의 협박도 협박이지만, 실은 그 위작들이, 야니 자신의 작품을 능가하는 걸작이었기 때문이다. 위작의 유통에 가담한 사람들도 야니 자신도 이 점을 알고 있다. 위조자들은 더 많은 위작을 만들고 싶어 한다. 야니의 묵인을 원한다. 이쪽은 돈을 챙기고, 그쪽은 명성과 공식 시세를 높이고. 오케이? 설상가상으로 야니가 자신의 형편없는 작품을 위작으로 고발해서 없애버리려고 한다는 소문까지 떠돈다…

그러나 이 원고는 일기도 아니고 에세이도 아니며 소설도 아니다. 부분적으로 일기를 닮았지만 일기의 형식으로 수렴되려 하지 않는다. 경험과 사유가 단단히 깍지를 끼고 있지만 성찰적 에세이의 자리에 머물지 않는다. 이야기의 싹이 여기저기 돋아 있지만 그 싹은 서사의 꽃을 피우고 열매를 맺는 데에는 관심이 없다. 특기할만한 사건이 나오지만 그 사건은 튼튼한 뼈대가 되려 하지 않으며, 흥미로운 인물이 나오지만 그 인물은 전면에 나서 입체성을 과시하지 않는다. 장르가 애매모호함을 넘어 이 원고는 어떤 종류의 균질성으로부터도 멀어지려는 것처럼 보인다.

에르베 기베르는 다만 삶과 그림의 접경에서 비틀거리며 불규칙 바운드의 글을 이어간다. 이미지에서 이미지로, 이미지의 맥락으로, 맥락의 맥락으로, 맥락 속의 욕망으로, 욕망에 닿은 이미지로, 그의 삶에 접속된, 그림에 관한 모든 것이 호출된다. 에르베 기베르 자신을 포함하여 현실을 살아가는 인물이 실명으로 혹은 이니셜로 나오고 허구화된 인물이 이들과 나란히 선다. 이 모든 것들의 뒤섞임과 엉킴으로 인해 이 원고에는 윤곽이 없다. 윤곽이 없는 형상. 윤곽이 없는 움직임. 윤곽이 없는 이야기. 에르베 기베르는 "회화 속으로 도주하는 육신, 화폭 위로 점차 드러나는 영혼 같은 것에 대해 이야기할 것이 있었다"고 쓴다.

✦

"회화 속으로 도주하는 육신, 화폭 위로 점차 드러나는 영혼." 육신이 도주한 자리에 영혼은 어떻게 드러날 수 있을까. 영혼은 어떻게 육신의 표면이 될 수 있을까. 자기연민과 자기도취에 빠지지 않으면서, 어떻게 하면 '나'를 가시화할 수 있을까.

에르베 기베르의 시선이 줄곧 꽂히는 대상은 역겹고 끈적하고 상스럽고 천박한 것들이다. 성적인 것으로 환원되지 않는 외설의 장면과 순간이, 냉정하게, 삭막하게, 집요하게, 문장으로 옮겨진다. 그는 수술대에 오른 자신의 몸을 비디오카메라로 촬영한다. 녹화된 영상을 재생하며 살과 뼈와 피로 해체된 절개 부위의 이미지, 객체화되고 분절된 신체의 이미지에 몰두한다. 여행지에서는 죽은 동물의 쏟아진 창자를 뚫어지게 응시하고 돼지우리의 구더기와 파리 떼 사이에 물끄러미

선다. 작은 짐승들을 보이는 족족 물어뜯어 죽이는 검은 개의 난폭함에 친밀감을 느낀다. 검은 개의 이빨은 암탉이나 어린 양만을 노리는 게 아니다. 검은 개는 그의 쇠약한 몸에도 접근한다. 축축한 혀로 그의 얼굴을 핥고, 그의 체액을 삼키고, 아물기 시작한 수술 부위를 헤집는다.

탁한 점성을 좇는 시선은 타인에게도 닿는다. 화가인 야니에 대해 그는 가차 없다. 야니는 그림 위조자들과 손을 잡는다. 야니는 진작부터 더러운 수수료를 받고 있다. 야니는 속물적이다. 야니는 교활하다. 야니는 거짓말쟁이다. 야니의 그림은 흉측하다. 그러나 그는 야니를 조롱하고 경멸하기 위해 야니에 대해 쓰고 있는 것이 아니다. 타락한 예술가의 초상으로 야니를 보여주려는 것이 아니다. 야니를 향한 그의 문장에는 냉소가 없다. 예술적 재능, 야심, 에너지뿐 아니라 사업가적 수완과 번들거리는 위선까지를 포함해 그는 야니의 모든 것을 사랑한다. 에로틱한 감정은 아니지만 분명 사랑이다. 야니에게 이토록 끌리는 마음을 쓰기 위해서는 야니의 오물에 대해서도 쓰지 않을 수 없는 것이다.

화가 야니는 허구화된 등장인물이다. 야니에 대한 묘사, 야니에 대한 마음을 픽션이 아니고서 어떻게 감당할 수 있을까. 반면 화가 발튀스는 실명으로 등장한다. 1930년대부터 특별한 화풍을 보여온 이 노대가와의 일화는 일종의 취재 후일담 형식으로 삽입된다. 발튀스에게는 가면이 주어지지 않는다. 이 만남에서 상스러움을 줄줄 흘리는 것은 에르베 기베르 자신이기 때문이다. 기자 시절의 그는 속된 말로 문화예술계의 '기레기'다. 특종에 혈안이 되어 취재원의 삶에 폭력적으로 난입하고 무례한 질문을 서슴없이 던지고 허락 없이 인터뷰 기사를 작성한다. 그는 자신의 기자 시절을 회상하며 이중적 감정을 누설한다. 자신의 상스러움이 어떤 아름다움을 파괴하고 있다는 수치심. 또 한편으로는, 상스러움을 끝까지 밀고 나가지 못했다는 회한. 더 상스러웠어야 했다. 끝까지 상스러웠어야 했다. 그랬어야만 열렬히 흠모하는 베이컨, 위대한 화가 베이컨, 상스럽고 난잡한 것들만을 사랑하고 상대해주던 프란시스 베이컨에게 다가갈 수 있었을 것이다. "회화 속으로 도주하는 육신, 화폭 위로 점차 드러나는 영혼." 이 구절이 환기하는 것은 프란시스 베이컨의 그림이기도 하다.

✦

에르베 기베르는 수술 통증의 한가운데에서 문득 회화에 대해 글을 쓰기 시작한다. 그는 예기치 않은 일이었다고 적는다. 왜 사진이 아니라 회화였을까. 그는 회화보다는 사진에 가까운 사람이었다. 사진가로 활동하기도 했고 사진에 관한 책《유령 이미지》(1981)를 쓰기도 했다.

《유령 이미지》의 한 페이지에서 그는 일기와 소설의 풍경

묘사를 각각 사진과 회화에 비교한 적이 있다. 일기의 묘사에는 크로키나 스냅사진과 같은 역동성과 직접성이 있다. 이와 달리 소설의 묘사는 장 노출의 사진이나 회화를 닮았다. 한쪽은 지금 이 순간의 인상을 실시간으로 포착한 것이고 다른 한쪽은 여러 가지 기억들의 편집이나 조합에 가깝다.

10년이 지난 시점에서 일기와 소설, 사진과 회화에 대한 그의 생각은 행간에서 한층 복잡하게 착종된다. 그는 레나의 화랑을 드나들며 19세기 러시아 화가 이반 아이바조프스키의 그림들에 다가간다. 아이바조프스키는 바다 그림의 대가다. 바다 풍경에 관한 한 타의 추종을 불허한다. 구름 뒤로 퍼지는 은은한 달빛 아래, 시커먼 먹구름 아래, 막 솟아오르는 찬란한 태양 앞에, 갖가지 물주름이 펼쳐지고 파도가 출렁인다. 손에 카메라를 들고 있다면 무조건 셔터를 누르고 싶었을 풍경이다. 모사와 재현으로써의 회화는 20세기 들어 사진에 자리를 내어준다. 풍경을 있는 그대로 포착하는 데는 그림보다 사진이 유능한 것 같다. 그러나 정말 그런가. 아이바조프스키가 캔버스에 옮긴 시시각각의 바다를, 바람을, 공기를, 빛을, 사진도 담아낼 수 있는가. 대상을 '있는 그대로' 고정시킬 수 있는 사진의 능력은 역동성을 담보하는 것인가. 아니면 소외와 죽음을 가리키는 것인가. 인위적이고 선정적인 박제를 넘어, 순간은 어떻게 영원이 될 수 있는가.

화랑 주인 레나는 경매에 나온 그림 한 편을 아이바조프스키의 위작이라고 확신하며 이렇게 말한다. 아이바조프스키는 바다 외에 아무것도 이야기하지 않는다고. 난파하는 배가 나오기도 하고 남자와 여자가 나오기도 하지만 그것들로 사람의 이야기를 구성하지 않는다고. 그는 바다를 사람으로 오염시키지 않는다. 바다가 있다. 바다만 있는 것이다. 말하자면 "회화 속으로 도주하는" 바다의 물질성. "화폭 위로 점차 드러나는" 바다의 영원.

그림 안에는 사람의 이야기가 없다. 사람의 이야기는 그림을 둘러싸고 그림의 바깥에서 발생한다. 아이바조프스키는 다작의 화가였다. 평생 육천 점에 가까운 그림을 그렸다. 소련의 개방과 함께 그의 그림 값이 폭등한다. 위조자와 투기꾼이 몰리기에 이보다 좋은 조건은 없다. 레나의 오빠 비고의 실종과 관련된 미스터리도 아이바조프스키 거래 시장에 연루되어 있는 것처럼 보인다.

에르베 기베르는 한쪽 눈으로는 작품을, 다른 한쪽 눈으로는 작품이 거래되는 시장을 본다. 작품에 꼬여든 각다귀들이 아름다움을 화폐 가치로 변질시키고 시장을 조작한다. 그러나 잠재된 가치를 현실로 소환하는 것도 역시 각다귀들이다. 숨겨진 걸작을 알아보는 예리한 눈만이 시장의 최전선에 설 수 있다. 제대로 평가받지 못했던 아름다움이 이들로 인해 세상에 드러난다. 정밀한 위작을 그릴 줄 아는 사람이 실은 진품의 가치를 가장 잘 알며 때로는 진품을 능가하는 놀라운 위작을 그리기도 한다. 이때 위조자는 역설적으로 예술적 명성과 인정 욕망에 연연하지 않은 채 예술의 세계를 풍요롭게 하는 익명의 헌신자라 할 수도 있다. 예술가의 이름을 우상화하지 않는다면 진짜인가 가짜인가는 미적 판단의 최종 심급이 되지 않는다. 가짜는 진짜의 세계를 훼손하거나 타락시키기도 하지만 때로는 진짜의 가치를 한층 뚜렷이 드러내기도 하며 진짜를 훌쩍 넘어서기도 한다. 순수함과 추잡함, 위대함과 상스러움은 동전의 양면일 수밖에 없다.

✦

에르베 기베르는 야니의 캔버스 앞에 모델로 선다. 일주일 동안 스물다섯 점의 초상화가 그려진다. 그는 이 초상화들이 그에게 어떤 느낌으로 다가왔는지에 대해 쓰지 않는다. 혹은 쓰지 못한다. 또한 모델과 화가로서 야니와 마주하고 있던 시간의 경이로운 집중력과 농밀한 감정을 끝내 글로 옮기는 데 실패했노라고 고백한다. "강렬함이 다 빠져나간 생기 없는 대용물을 상세히 쓰려고 애쓰기보다는 그 순간을 빈칸으로 남겨두는 편이 낫지 않았을까?"

빨간 모자를 쓴 남자. 나는 이 제목이 야니가 그린 초상화 연작을 가리킬 것이라고 짐작한다. 에르베 기베르는 야니

앞에서만 빨간 모자를 쓴 건 아니다. 빨간 모자를 쓰고 레스토랑에도 가고 빨간 모자를 쓰고 전시회에도 간다. 그러나 빨간 모자는 그의 상징도 아니고 집착 대상도 아니다. 이 제목의 간소한 지시성은 이미지를 보조하기에 적합하다. '빨간 모자를 쓴 남자'를 그림의 제목으로 읽을 때, 그림 속의 이미지로 남게 될 병든 육체의 절망과 그림에 대해 쓰지 못한 글쓰기의 절망이 빨간 모자에 함께 담긴다.

빨간 모자가 나오는 몇몇 유명한 작품들이 떠오른다. 가령 보티첼리가 그린 곱슬머리 남자라든가, 베르메르가 그린 눈썹이 없는 소녀…. 현대화가인 야니가 그린 그림은 물론 내 머릿속에 무작위로 떠오른 것과 같은 몇백 년 전 스타일이 아닐 것이다. 가난한 상상력으로 나는 프란시스 베이컨의 그림에 빨간 모자를 섞어본다. 에곤 실레의 자화상에도 빨간 모자를 씌워본다. 미켈 바르셀로의 그림과 에르베 기베르의 사진을 깜냥껏 합성해보기도 한다.

야니가 그린 에르베 기베르의 초상화는 독자를 등지고 벽을 향해 돌려 세워져 있다. 그림을 통해 묶여 있던 두 사람의 깊고 강렬한 감정은 문장과 문장 사이의 빈틈으로 새어나가고 있다. 이 원고에서 가장 강렬하고 가장 또렷해야 할 부분은 공백으로 남아 있다. 빨간 모자를 쓴 남자. 제목이 그 공백을 가리킨다. 공백을 응시하는 것은 남은 이들의 몫일 것이다.

빨간 모자를 쓴 남자

1판 1쇄 찍음 2018년 6월 12일
1판 1쇄 펴냄 2018년 6월 20일

지은이 에르베 기베르
펴낸이 안지미
옮긴이 안보옥
편집 김진형 최장욱 박승기
교정 유진목
디자인 안지미
제작처 공간

펴낸곳 알마 출판사
출판등록 2006년 6월 22일 제2013-000266호
주소 우. 03990 서울시 마포구 연남로 1길 8, 4~5층
전화 02.324.3800 판매 02.324.7863 편집
전송 02.324.1144

전자우편 alma@almabook.com
페이스북 /almabooks
트위터 @alma_books
인스타그램 @alma_books

ISBN 979-11-5992-154-4 03860

이 도서의 국립중앙도서관 출판시도서목록CIP은 서지정보유통지원시스템 홈페이지 http://seoji.nl.go.kr와 국가자료공동목록시스템http://www.nl.go.kr/kolisnet에서 이용하실 수 있습니다. CIP제어번호: 2018015133

알마는 아이쿱생협과 더불어 협동조합의 가치를 실천하는 출판사입니다.

종이 표지_앙상블 이클라스 210g/㎡ 본문_그린라이트 100g/㎡